Inhalt

Zufälle, die keine sind

Mitte Februar 2010 teilte mir meine Cousine Ingrid aus Thum, einem kleinen Ort in der Voreifel, mit, dass es ihrem Mann Alfred gesundheitlich sehr schlecht gehe. Sie fragte mich, ob wir nicht Zeit und Lust hätten, mit ihnen den Rosenmontag im Familienkreis zu feiern. Dieses sei ein großer Wunsch von Alfred. Schon seit einiger Zeit hatten wir vor, dort hinzufahren, doch hier in Mainz hatten wir genug Fastnachtstrubel, deshalb wurde dieser Besuch bis jetzt immer wieder verschoben. Ich hoffte sehr, meinen Cousin Alfred, trotz seiner schweren Krankheit, noch munter und fröhlich anzutreffen.

Schon am nächsten Tag machten wir uns in der Frühe auf den Weg. Ich las Zeitung, um mich von dem Gedanken um Alfred abzulenken. Dabei nutzte ich die Gelegenheit, die Angebote für einen Nebenjob zu studieren. Seit 2006 war ich in Rente und fühlte mich noch fit genug, etwas Sinnvolles zu tun. Es wurde ein Arbeitsplatz als Haushälterin in der Oberstadt von Mainz angeboten. Dahinter stand eine außergewöhnliche Telefonnummer, die man sich schnell merken konnte. Mein Mann meinte, es könnte etwas Interessantes sein. Ein Versuch kann nicht schaden, sagte ich mir. Ich rief sofort an, was sich als Glückstreffer herausstellen sollte: Eine nette Dame meldete sich. Ich spürte eine Herzlichkeit in ihrer Stimme und entschuldigte mich für meine Heiserkeit, was in der „fünften Jahreszeit“, der Karnevalszeit, bei mir nicht ungewöhnlich war. Ich hatte den Eindruck, als wäre es ihr sehr wichtig, und ich erhoffte mir einen Arbeitsplatz, der mir Spaß und Freude bereiten würde.

Wir feierten in einem kleinen Vereinsheim, welches unmittelbar vor Ingrids und Alfreds Haustür lag. Ich war glücklich, dass er trotz Krankheit sein unverkennbares Lachen und den Humor nicht verloren hatte: So verbrachten wir gemeinsam angenehme und kurzweilige Stunden.

Am Tag danach fuhren wir mit gemischten Gefühlen und traurigen Gedanken nach Hause. Vielleicht hatten wir ihn ja das letzte Mal gesehen. Alfred, sein älterer Bruder und ich hatten schon in unserer Kindheit ein sehr enges und fröhliches Verhältnis. Zusammen mit meine Schwester Christel hatten wir immer viel Spaß, wenn wir bei Alfred unsere Ferien verbringen durften. Als Berliner Großstadtkinder fühlten wir uns auf dem Land wohl, genossen die Zeit und ließen uns von Tante und Onkel verwöhnen.

Wie alles begann

Schon am nächsten Tag – es war ein kalter Winter, und es lag noch viel Schnee – bat ich meinen Mann, mich an diesem Nachmittag zu Familie K. zu begleiten. Sie wohnten in Mainz Oberstadt in einem alten, schönen Doppelhaus in der Kartaus, einer kleinen Nebenstraße. Ein hübscher Brunnen schmückt in der Mitte ein Rondell vor dem Haus.

Was für einen schönen Arbeitsplatz ich hier hätte, hier würde ich mich wohlfühlen! Herzlich wurden wir beide begrüßt. Eine liebenswerte, freundliche Dame strahlte uns entgegen, und es schien so, als wäre sie glücklich. Beim Eintreten in dieses Haus sagte sie: „Es wäre nur schön, wenn Sie ihre Schuhe ausziehen würden. Dieser Schneematsch muss nicht unbedingt in die Wohnung getragen werden.“

Man merkte gleich, dass hier alles seine Ordnung hatte. Ich mochte ihre Art, sich so auszudrücken, dass man gleich wusste, woran man war. Sie war höflich, aber bestimmt.

Es handelte sich um ein großes Haus und sie führte uns ein paar Treppen hoch zum Wohn- und Essbereich. Eine rote runde Esszimmerlampe brachte Gemütlichkeit in den Raum, in dem man sich gleich wohlfühlte. Meinen Mann bat sie, sich solange im Wohnzimmer zu setzten, damit wir beide über das Wesentliche sprechen konnten. Im Esszimmer erzählte mir Frau. K., dass Sie gemeinsam mit ihrem Mann und Ralf, dem jüngsten von drei Söhnen, hier wohne. Ralf sei selbstständiger Möbelschreiner und, wie sich mir bald zeigen sollte, Meister in seinem Fach: In allen Räumen waren von ihm hergestellte, erstklassige und hochwertige Möbel zu bewundern.

In unserem Gespräch machte mir Frau K. aber auch deutlich, dass ihr Sohn bald ausziehen würde, um endlich auf eigenen Beinen zu stehen. „Hotel Mama" würde es dann bald nicht mehr geben.

„Machen Sie sich, liebe Frau Witzig, keine Sorgen: Sie sind nur für meinen Mann zuständig", sagte Frau K. und stellte sich mit ganzen Namen vor. Sie hatte zwei wunderschöne Vornamen, doch der erste gefiel mir ganz besonders: IRIS.

„Wie schön", sagte ich, „meine älteste Tochter heißt auch IRIS."

Meine Annahme aus unserem ersten Telefongespräch sollte sich also bestätigen: Sie berichtete mir, dass Sie sehr krank sei und nur noch kurze Zeit zu leben hätte. Deshalb habe sie es sehr eilig. Sie suche eine passende Person, die für ihren Mann den Haushalt führen würde. Sie hätte noch eine

Krankenschwester in Aussicht, die hier auch gleichzeitig einziehen könnte. Im Haus sei ja genügend Platz.

Dieses Gespräch hat mich unglaublich berührt, aber gleichzeitig auch vor vollendete Tatsachen gestellt. Wie stark müsste ich jetzt sein, um hier, in dieser Familie und dem großen Haus bestehen zu können? Ich nahm diese Herausforderung aus tiefsten Herzen an und sagte ihr, dass ich vor meinem Arbeitsbeginn noch einmal kurz nach Berlin reisen müsste. Meine Mutter würde neunzig Jahre alt, und das wollten wir mit der ganzen Familie feiern. Ich versprach, in drei Tagen wieder hier zu sein und mich zu melden. Alles war jetzt besprochen – nur: Würde Frau Iris die Zeit noch reichen? Es würde sicherlich sehr knapp werden, so dachte ich, und es dürfte nichts dazwischenkommen.

Sie stellte uns noch ihrem Mann vor, der in der unteren Etage ein großes Büro mit Schlafbereich hatte. Wir waren uns gleich sympathisch. Auch mein Mann hatte ein gutes Gefühl und hoffte, dass ich diesen Arbeitsplatz bekommen würde. Ihr Mann war Architekt und Professor, und in Mainz sehr beliebt und bekannt. Man merkte sofort, dass er sich mit meinem Mann, dem Bauingenieur und Offizier der Bundeswehr, gut verstehen würde.

Sie brachte uns noch zur Tür und verabschiedete sich hoffnungsvoll von uns. Ich gab ihr spontan einen zärtlichen Kuss auf die Wange und sagte: „Wir beeilen uns!“

Dieser Kuss tat uns beiden sehr gut. Ich fühlte mich zu Frau Iris hingezogen. Und auch ich weckte wohl ein herzliches Vertrauen in ihr. Erst viel später bemerkte ich an vielen kleinen Dingen, dass wir ein Stück weit seelenverwandt waren.

Die Fahrt nach Berlin

Ende Februar fuhr ich von Berlin mit der Bahn nach Mainz zurück. Mein Mann musste noch dienstlich in Berlin bleiben. Ich hoffte nur, dass ich schnell und ohne größere Verspätung zu Hause ankommen würde. Unterwegs wurde bekannt gegeben, dass schwere Stürme zu erwarten waren. Ausgerechnet jetzt, wo ich es doch so eilig hatte, nach Mainz zu kommen! Viele Züge fielen aus und auch mein Zug musste wegen umgestürzter Bäume die Fahrt vorzeitig beenden. So musste ich bereits in Fulda aussteigen und wusste nicht, wie ich noch am gleichen Tag pünktlich in Mainz ankommen sollte. Ich machte mir große Sorgen um Frau Iris und ihren Mann, die auf mich warteten.

Zum Glück konnte ich mit meinem Handy meinen Schwiegersohn Kai erreichen, der mit dem Auto auf dem Heimweg von Berlin nach Mainz war. Ich spürte eine große Erleichterung in mir. Kurze Zeit später wurde ich in Fulda abgeholt. Trotz des starken Sturmes sind wir gut zu Hause angekommen. Ich war so glücklich, mich gleich am nächsten Tag pünktlich bei Frau Iris melden zu können.

Frau Iris

Am 1. März 2010 war mein erster Arbeitstag. Frau Iris und ihr Mann freuten sich sehr, dass ich die Fahrt gut überstanden hatte. Ich sah in vier leuchtende Augen und wurde herzlich empfangen. Mir wurde schnell klar, dass mir für meine Einarbeitung nur sehr wenig Zeit zur Verfügung stehen würde. Frau Iris zeigte mir alle Räumlichkeiten, wobei sie etwas müde und geschwächt wirkte und zwischendurch leicht husten musste. Dabei versuchte sie, sich immer zu entschuldigen. Mir fiel es nicht leicht, die passenden Worte zu finden.

Aber sie war auch eine starke Kämpferin. Obwohl ihr jeder Gang schwerfiel, ließ sie es sich kaum anmerken. Immerhin hatte dieses Haus zahlreiche Treppen mit vielen Stufen, die sie bewundernswert bewältigte! Was sie sagte, war gezielt überlegt, sie hatte alles genau bis ins Letzte geplant. Mir war noch gar nicht richtig bewusst, dass uns diese liebe Frau bald für immer verlassen würde. Ein paar kleine Wünsche hatte sie noch: Ich sollte ihr eine Spargelsuppe kochen, obwohl es gar keinen frischen Spargel gab. Sie begnügte sich mit einem Tütchen Fertigsuppe zur Mittagszeit. In ihrer Genügsamkeit lobte sie mich und war zufrieden mit meiner bescheidenen Kochkunst. Wie gern hätte ich Ihr eine echte Spargelsuppe gekocht, doch sie konnte nicht mehr allzu viel Nahrung zu sich nehmen.

Danach gingen wir ins Schlafzimmer. Sie hatte noch einige Bügelwäsche, und ich sollte ihr zeigen, wie ich die Wäsche nach dem Bügeln zusammenlegte. Auch das fiel zu ihrer Zufriedenheit aus. Nur bei den Oberhemden ihres Mannes müsste ich immer den dritten Knopf von oben zuknöpfen, das war ihr sehr wichtig. Das sorgte für die Bequemlichkeit beim Anziehen der Oberhemden. Außerdem musste ich feststellen, dass die Hemden dadurch viel besser und schöner im Schrank und auf den Bügeln hingen. Diese spezielle Ordnung wollte ich unbedingt beibehalten und alles in ihrem Sinne weiterführen.

Alles Weitere würde ich mir selbst aneignen und mich zurechtfinden. Sie hatte nur noch einen ganz kleinen, aber für sie doch großen Wunsch: Schon am nächsten Morgen sollte ich sehr früh kommen, um ihr die Haare etwas kürzer zu schneiden, denn ein Friseurbesuch würde sich nicht lohnen. Oh mein Gott, was hätte ich noch alles für diese liebenswerte Frau getan! Da ich noch einige Erfahrungen aus meiner früheren Ausbildung als Friseurin hatte, war es für mich eine Kleinigkeit, ihren Wunsch zu erfüllen und sie auf diese Weise ein wenig glücklich zu machen.

Wie sollte es jetzt bald ohne diese liebe Frau hier weitergehen? Ich stellte mir viele Fragen, die mir jetzt allerdings noch niemand beantworten konnte. Auch wie man hier mit der Trauer umgehen würde und wie ich mich dabei verhalten sollte, war mir noch unklar. Aber die klare Frage von Frau Iris, ob ich mir diesen Haushalt zutrauen würde, beantworte ich spontan mit „Ja". Gern sei ich bereit, diesen Arbeitsplatz anzunehmen. In ihrem zarten Gesicht und in ihren Augen sah ich ein warmes Gefühl der Erleichterung aufflackern. So konnte ich ihr noch etwas aus meinem Leben erzählen.

Mein Lebenslauf für Frau Iris

30 Jahre lang war ich berufstätig bei der Bundeswehr. Mit meinem Mann Arno, der auch bei der Bundeswehr als Schreiner arbeitete, hatte ich drei erwachsene Kinder. Ich war erst 17 Jahre jung, als ich unsere Tochter Iris bekam, und im Alter von gerade erst einmal 40 wurde ich bereits Oma. Nun hatte ich bereits fünf Enkelkinder und war froh, dass meine gesamte Familie in Mainz wohnte.

Frau Iris lächelte mir zu, und alles schien ihr sehr zu gefallen, auch dass meine Tochter Iris hieß. Sie liebte es, eine Familie, Kinder und Enkel zu haben, genauso wie ich. Aufgrund der vielen netten und hübschen Familienfotos, die an der Wand hingen, konnte ich nachfühlen, wie sehr sie an allen hing. Jetzt freute ich mich immer mehr auf diesen schönen Arbeitsplatz. Kurz: Ich bekam die Stelle im Hause des Professors.

Auszug aus der Kartaus

Alles ging jetzt sehr schnell. Mit der Gewissheit, alles erreicht und nach ihren Wünschen erledigt zu haben, konnte sie jetzt ins Hospiz nach Drais gehen. Anfang März wurde der kleine Umzug durchgeführt. Obwohl sie nur das Nötigste mitnahm, fiel mir auf, dass der rote runde Teppich im Esszimmer fehlte. Dieser Teppich sollte das Schmuckstück in ihrem neuen Zimmer sein. Sie liebte diese frischen Farben, die Wärme ausstrahlten, so wie auch ihre große, runde Esszimmerlampe.

Herr K., ab jetzt nenne ich ihn „mein Chef", bat mich, mit ihm ins Hospiz zu seiner Frau zu fahren.

Dort hatte ich ein paar Tage später noch einmal die Gelegenheit, mit Frau Iris zu reden und mich von ihr für immer zu verabschieden. Ich werde diesen Augenblick nie vergessen: Wie schön doch ihr Zimmer war! Die Gardinen waren in einem wunderschönen Blau mit gelben Blüten gehalten und von Sonnenstrahlen angeleuchtet, die durch ihre Fenster schienen. Vor ihrem Bett lag ihr geliebter roter Teppich, der ebenfalls von der Sonne angestrahlt wurde. Hier konnte sie sich noch in ihren letzten wenigen Tagen wohlfühlen. Sie wirkte zufrieden, ja sogar glücklich.

Bis ins Kleinste hatte sie alles vorbereitet und diesen Zeitpunkt geplant, an dem sie sich von all ihren Liebsten verabschieden wollte. Mit aller Kraft begleitete sie mich noch bis zur Tür. Wie stark und bewundernswert sie doch war! Wie gern wäre ich noch länger bei ihr geblieben! Mein Chef ging schon ein wenig voraus, sie hielt ganz kurz meine Hand und fragte mich, ob ich noch etwas wissen möchte. In meiner ganzen Traurigkeit konnte ich nur antworten, es sei alles in bester Ordnung. Zum Abschied umarmte ich sie und spürte, dass sie erleichtert und glücklich war. Aus meiner Hand pustete ich ihr einen letzten Gruß zu. Ihren letzten Blick aus dem Fenster mit einem liebenswerten Lächeln werde ich nie vergessen. Noch in dieser Nacht schlief sie friedlich ein.

Trauer um Frau Iris

Meine Aufgabe, Hausdame und vieles andere zu sein, machte mir viel Freude. Schnell hatte ich mich eingewöhnt und konnte die Wünsche meines Chefs erkennen und zum größten Teil auch ausführen. Ich fühlte stets Geborgenheit in diesem Haus, und auch, dass unsere Frau Iris immer in unserer Nähe war.

Die Trauerfeier wurde in der Lutherkirche abgehalten. Als mein Chef erfuhr, dass mein Mann auch Orgel spielte, bat er ihn, dies bei den Feierlichkeiten zu tun. Wir waren beide froh darüber, dass Frau Iris auf diese Weise noch einen letzten Gruße von uns beiden erhalten würde.

Es war eine sehr bewegenden Predigt und ich erfuhr viel über den Lebensweg dieser selbstbewussten und starken Frau und ihrer Familie. Immer wieder hörte man von ihren guten und ehrenamtlichen Taten. Sie war für alle anderen da, ohne sich damit in den Vordergrund zu stellen. Frau Iris war fähig, ihre eigene Persönlichkeit zu entfalten und ganz unverwechselbar zu sein. Dabei konnte sie für die Menschen ein wirkliches Gegenüber darstellen, der dem anderen seinen Freiraum lässt.

Jetzt lernte ich die gesamte Familie meines Chefs kennen. Wie schade, dass es ein solch trauriger Anlass war: drei erwachsenen Söhne, zwei Schwiegertöchter und zwei nette Enkel. Viele Trauergäste, darunter Nachbarn, Freunde und Menschen, die in seinem Hause willkommen sind, waren unter den Trauernden. Noch konnte ich das alles nicht einordnen, aber die Zeit würde es mit sich bringen. Ich spürte ein wenig Stolz in mir, dass mich der Weg zu diesem Haus in der Oberstadt geführt hatte.

Frau Iris wollte nicht in ihrer Umgebung oder auf dem Hauptfriedhof in Mainz bestattet werden. Sie hatte den Wunsch, auf dem Waldfriedhof in Mombach beigesetzt zu werden. Bei der Urnenbeisetzung erkannte ich, wie vorteilhaft sich dieser Friedhof in den letzten Jahren verändert hatte, und dass es sogar eine ganz neu angelegte „anonyme Wiese" gab. Alles sah noch so unberührt, gepflegt und leer aus. Hier wollte sie ihre letzte Ruhe finden. Nur die Familie und die engsten Freunde waren anwesend. Ein letztes Geschenk ihres Sohnes Ralf war die von ihm angefertigte, wunderschöne Kirschbaum-Urne. Nach dem Gebet der Pfarrerin reichte uns die Schwiegertochter Anne eine Schale mit Li-

lien, die ja auch Iris genannt werden. Jeder sollte eine davon als letzten Gruß einpflanzen.

IRIS, immer ging mir dieser Name durch den Kopf. Auch meine Tochter wurde in Berlin geboren, wie Iris, die Frau meines Professors. Vieles kam mir im wahrsten Sinne des Wortes sehr „merkwürdig" vor. Doch jetzt war noch nicht die Zeit, darüber nachzudenken und zu sprechen.

Mein Lebenslauf: Umzug von Frankreich nach Mainz-Mombach

Mit unseren drei Kindern zogen wir 1974 von Frankreich nach Mombach, wo meine Tochter Iris heute noch in der Straße, die zum Friedhof führt, wohnte. Wir mochten die schöne Umgebung mit einem großen Wald, der gleich hinter unserer Wohnsiedlung begann. Hier gab es noch eine Menge schöner Obstplantagen und Schrebergärten. Gern bin ich mit den Kindern zum Waldfriedhof gelaufen. Für mich galt er als Ruhepol durch seine Blumen, Eichhörnchen, Vogelgezwitscher und die freundlichen Menschen. Hier konnte ich auch meinen Verstorbenen näher sein, die weit von mir entfernt waren, in Berlin-Spandau. Später zogen wir innerhalb von Mainz um, nur meine Tochter Iris blieb in Mombach. Hier fühlte sie sich wohl und wohnte bis heute dort.

Ähnlichkeiten

Während der Beisetzung musste ich an meinen 1984 verstorbenen Vater, Anton Baum, denken. Auch er wurde auf der ersten neu angelegten, anonymen Wiese in Berlin-Spandau beigesetzt. Neben seiner Urnengrabstelle stand noch eine ganz junge und kleine Kiefer. Mehr als dreißig Jahre sind seitdem vergangen. Diese Kiefer neben Frau Iris schien mir genauso alt zu sein. Ich liebte Bäume, das brachte vermutlich mein Nachname „Baum" so mit sich. So fing ich eines Tages an, Bäume mit ihren – im Stamm nur für mich erkennbaren – Gesichtern zu malen.

Iris' Sohn Ralf war Möbelschreiner und fertigte viele ausgefallene und anspruchsvolle Stücke. Auch das brachte mich wieder zum Nachdenken: Zwar war mein Mann aus erster Ehe kein Meister und Möbelschreiner, doch war er ebenfalls ein sehr guter Schreiner gewesen. Besonders unsere Tochter Iris liebte alles, was aus Holz hergestellt war, und nur zu gern hatte sie gemeinsam mit ihrem Vater kleinere und auch größere Holzarbeiten erledigt.

Meine Gedanken gingen von Frau Iris auch zu meiner Mutter Else. Mit ihren neunzig Jahren hatte sie bereits ein sehr hohes Alter erreicht. Sollte sie sterben, wollte ich mit Ralf reden und ihn bitten, auch für meine Mutter eine schöne hölzerne Urne anzufertigen.

Jede Woche stellte ich Blumen vor das Bild von Frau Iris. So manches Mal habe ich mich davorgesetzt und mit ihr gesprochen, und immer wieder habe ich mich für diesen wunderschönen Arbeitsplatz bedankt. Alles passte gut zusammen, jeder konnte sich nach und nach auf den anderen einstellen und verlassen.

Im August des gleichen Jahres bekam ich die Nachricht von meiner Cousine Ingrid, dass mein Cousin Alfred in Thum verstorben sei. Auch er hatte es damals im Februar sehr eilig, mich zu sehen.

Ein Grund mehr, über seltsame und ungewöhnliche parallele Ereignisse nachzudenken …

Arbeit und Leben im Hause des Professors

Ich hatte einige Zeit gebraucht, um mich in diesem Haus in den zahlreichen Räumlichkeiten mit Nischen und Türen und Treppenaufgängen zurechtzufinden. Vor einem Jahr, noch zu Lebzeiten von Frau Iris, hatte ich mich darüber noch amüsiert, dass alles hier irgendwie sehr „verschachtelt" war. Sie hatte gelacht und mir recht gegeben. Mein Mann war da anderer Ansicht und meinte: „Du willst es dir doch mit einem Architekten in seinem von ihm umgebauten Haus nicht gleich verderben, oder?"

Ihr Sohn Ralf wohnte immer noch zu Hause, und das war gut so. Auf diese Weise war sein Vater nicht ganz allein. Trotz seiner vielen Freunde und Besucher war es meiner Ansicht nach gut, wenn sich jemand in seiner Nähe befand. Die Disziplin, mit der er sich geistig wie körperlich fit hielt, versetzte mich immer wieder in Erstaunen.

Zu meiner Freude lernte ich hier einen guten Freund meines Professors kennen. Mit diesem plante und realisierte er immer wieder größere Reisen im In- und Ausland. Ich freute mich stets auf diesen fröhlichen Besuch und anschließend auf die Erlebnisberichte und Fotos dieser beiden interessanten Menschen.

Der neuzigste Geburtstag

Im Oktober 2011 feierte mein Chef in der Aula der Fachhochschule Mainz seinen neunzigsten Geburtstag. Mit welcher Freude und Hingabe er dieses große Fest geplant und ausgearbeitet hatte, war für uns alle erstaunlich und bemerkenswert. An alle Freunde und Bekannten hatte er handschriftlichen Einladungen verschickt.

Es wurde ein wundervolles Fest im Kreise seiner Familie und unglaublich vielen interessanten Freunden. An alle hatte er gedacht, und wie gern hätte er jetzt seine liebe Frau Iris mit den gemeinsamen kostbaren Erinnerungen an seiner Seite gehabt. Danke, lieber Professor, dass mein Mann und ich dabei sein durften. So bekamen wir einen Einblick aus ihrer persönlichen Architektenwelt.

Meine Tochter Iris

Es war zugleich aber auch das dritte Jahr, nachdem sich meine Tochter Iris von mir und meinem Mann völlig zurückgezogen hatte.

Seit August 1986, nach der Geburt ihres Sohnes Patrick, hatte meine Tochter Iris gesundheitliche Probleme. Sie war damals 23 Jahre alt und wohnte in Mainz Mombach, ganz in unserer Nähe. Ein Anruf von meiner Tochter hat mich damals schockiert: Sie bat mich um schnelle Hilfe für ihren Sohn und sich selbst. Ich ahnte Schlimmes und fuhr von meinem Arbeitsplatz aus sofort zu ihr. Dort musste ich erkennen, dass ich ihr in ihrem psychischen Zustand nicht weiterhelfen konnte. Dies bedrückte mich sehr. Früher kannte ich sie als immer fröhliche, zuverlässige und selbstständige Frau, und sie gab mir nie das Gefühl, dass sie mich brauchte. Nun aber zeigte sie alle Anzeichen einer tiefen Depression.

Kurz darauf hatte sie – wieder einmal – jeglichen Kontakt zu uns abgebrochen. Wir wussten nie genau, worunter sie wirklich litt und konnten mit ihrem Verhalten nicht richtig umgehen. Oft vergingen Wochen und Monate, in denen meine Tochter jeglichen Kontakt verhinderte. Sie ließ es dann auch nicht zu, dass ich Verbindung zu ihr aufnahm.

Manchmal jedoch war meine Bitte, mich zu besuchen, von Erfolg gekrönt: Sie kam dann, als sei nichts gewesen, und wir konnten wieder unbeschwert lachen. Dabei benahmen wir uns manches Mal wie Geschwister. Was sind schon 17 Jahre Unterschied? Außerdem war sie in diesen Momenten für alles offen.

Ich freute mich einfach, dass ich sie jeweils nach einer Zeit des Schweigens wieder bei mir hatte. Vor allem konnte ich sie ein wenig aufmuntern und spürte auch eine leichte Besserung bei ihr.

Immer wieder litt ich sehr darunter, dass sie in der Folgezeit mit zunehmender Häufigkeit und Dauer den Kontakt zu mir abbrach. Auch, dass ich auf diese Weise mein Enkelkind Patrick kaum noch sehen konnte, war schmerzhaft für mich. Zwischenzeitlich erfuhr ich zufällig, dass ihre Ehe gescheitert war. Ich hoffte so sehr, unseren Kontakt nun erneuern zu können und glaubte daran, dass diese Trennung vielleicht das Beste für sie und ihre Gesundheit gewesen wäre. Mein Schwiegersohn tat ihr meiner oder unser aller Meinung nach nicht gut. Mein Wunsch, meine „alte" Iris wieder zurückzugewinnen, blieb jedoch nur Illusion.

Sie lebte eine Weile ihr eigenes Leben und schien auch ohne Kontakt zu mir glücklich zu sein. Irgendwann lernte sie ihren zweiten Mann Ralf kennen, aber das Wechselbad des „Mich-Kennens und Nicht-Kennens" ging genauso weiter. Zu ihrer Hochzeit waren wir nicht eingeladen, auch keines ihrer Geschwister. Selbst unser Schwiegersohn „kannte" uns in dieser Zeit nicht, was für uns alle unerklärlich blieb. Erst im Laufe der Jahre erfuhren wir, dass sie ständig und seit Jahren in psychiatrischer Behandlung war. Wir wurden nie richtig informiert, was es mit ihrer Krankheit auf sich hatte. Wie gern hätte ich sie als Mutter begleitet und einiges darüber erfahren.

Bis 2012 hatte sich ein erträglicher Zustand eingependelt, und ich konnte meine Tochter zeitweilig sehen. Mein Mann Jürgen half mir dabei immer wieder, den Kontakt zu ihr aufrecht zu halten. Vor ihrem Aufenthalt in einer psychiatrischen Reha-Klinik hatten wir noch ein harmonisches Treffen bei ihr zu Hause. Meine Schwester Christel war gerade aus Berlin zu meinem Geburtstag angereist, und wir wünschten meiner Tochter Iris noch alles Gute und vor allem viel Gesundheit. Ich hätte sie zwar gern bei meiner Geburtstagsfeier dabeigehabt, war aber glücklich, dass sie dort endlich Hoffnung auf Hilfe und Heilung hatte. Kaum hatte ich das an meinem Geburtstag ausgesprochen, rief mich meine Iris aus der Reha-Klinik an. Sie klang sehr fröhlich und wünschte mir von Herzen alles Gute. Für mich war es seit längerer Zeit das schönste Geschenk von meiner Tochter und ich bedankte mich für den Blumenstrauß, den mir ihr Mann Ralf überreicht hatte.

Einige Tage später erfuhr ich durch Zufall, dass sie viel früher als geplant aus der Reha zurückgekommen war. Auf die Frage an meinem Schwiegersohn, wann ich Iris sehen oder besuchen dürfte, bekam die Antwort, dass es mal wieder soweit sei und sie mich nicht sehen möchte. Wieder und immer wieder wollte ich wissen, was eigentlich mit ihr los sei. Selbst mein Schwiegersohn wollte oder durfte nicht mit mir reden. Auch hätte sie mich nicht in ihre Wohnung gelassen, sagte er, wie schon so oft. Immer mehr musste ich mich zurückziehen, so weh es auch tat.

Ich selbst musste eine Lösung finden, damit es auch mir weiterhin seelisch und körperlich gut ging. Mit meinem Enkelkind Patrick, der inzwischen 27 Jahre alt war, hatte ich zum Glück den Kontakt gehalten. Ich wusste, dass es für meine Iris sehr wichtig war, zu wissen, dass es ihrem Sohn gut ging, auch wenn sie es ihm und mir gegenüber nicht immer zeigen konnte.

Vorweihnachtszeit zu Hause und in der Kartaus

Glücklicherweise lenkte mich meine Arbeit bei meinem Chef ein wenig ab, und ich konnte hier über einige meiner Sorgen reden. Er brachte viel Verständnis für meine Situation auf, sodass ich nach jedem Gespräch Erleichterung verspürte und sorgloser in die Zukunft blicken konnte.

Mit zunehmenden Alter hatte ich immer mehr den Eindruck, dass die Jahre immer schneller vergingen. Wir alle kennen diesen Satz. Die Vorfreude auf die Advents- und die Weihnachtszeit lenkte mich von meinem Kummer und den Sorgen um Iris ab. Jeder möchte seinen Lieben zu Weihnachten ein gemütliches Heim schaffen. So wollte ich es auch für meinen Professor und seine Familie.

Der zweitälteste Sohn, Steffen, kam mit seiner Frau Anne und den beiden Enkelkindern Peer und Jana aus Berlin angereist. Mit meiner unkomplizierten und fröhlichen Art versuchte ich, auch für die Enkelkinder des Professors Wärme und Abwechslung ins Haus zu bringen. So gut ich konnte wurde alles wie im Vorjahr weihnachtlich vorbereitet und geschmückt. Es war das zweite Weihnachtsfest nach dem Tod von Frau Iris.

In der Rolle der „Hausmutter für alle“ fühlte ich mich wohl und war auch sehr glücklich. Dabei wollte und konnte ich den Kindern und der Familie nicht ihre Oma und Mutter ersetzen. Sie genossen es und im Laufe der Zeit freundeten wir uns immer mehr an.

Dabei war mir meine neu erwachte Freude am Backen sehr behilflich, um weihnachtliche Gerüche in dieses Haus zu zaubern. Wir alle mögen doch, wenn es nach Pfefferkuchen und Leckereien duftet. Früher hatte ich nie gebacken, das hatten meine Töchter Iris und Sabine und sogar mein Sohn Helge übernommen.

In der Kartaus

Im Hause meines Chefs lernte ich viele interessante Menschen kennen, die hier immer herzlich willkommen waren und für interessante Gespräche und gute Unterhaltung sorgten. So auch eine nette Nachbarin namens Gerhild, die ich in der Lutherkirche nach der Trauerfeier für Frau Iris getroffen habe. Sie gehörte zu diesen Menschen, die sich in schweren Zeiten rührend um die Familie gekümmert hatten. Wir verstanden uns auf Anhieb und stellten nach und nach fest, dass wir viele Gemeinsamkeiten hatten. Wir trafen uns ab und zu auf einen Sprung bei ihr nebenan zum Kaffee.

Drei Freundinnen

Nun hatte ich in meinen langjährigen Freundinnen Margot und Gerhild zwei liebe Menschen, mit denen ich Bummeln und Kaffeetrinken ging, soweit es unsere Freizeit erlaubte.

Mit Gisela, der dritten in der Runde, hatte ich vor vielen Jahren in unserem gemeinsamen Dienst unsere Erlebnisse ausgetauscht. Jetzt gingen wir einmal in der Woche schwimmen. Diese Zeit musste nun genügen, um alles zu bereden und Neues zu erfahren. Sie lebte allein, hatte aber nie Langeweile. Im Gegenteil, ihr Terminkalender war immer voll. Eines Tages meinte es das Schicksal nicht gut mit Gisela. Sie verlor eine ihrer reizenden Töchter durch eine heimtückische Krankheit. Sie war fast im gleichen Alter wie meine eigenen Töchter. Seit diesem Ereignis war für Gisela nichts mehr so, wie es einmal war. Aber was ich an ihr bewunderte, war, dass sie offen über alles reden konnte. Ich musste immer daran denken, wie viel Kraft eine Mutter aufbringen muss, wenn das eigene Kind vor ihr ging. Ich litt mit ihr und dankte dem lieben Gott, dass ich meine drei Kinder noch hatte.

Alles fing im neuen Jahr so gut an

2013: Der Frühling war für mich die schönste Jahreszeit. Endlich spielte sich das Leben wieder draußen ab. In beiden Haushalten machte es mir Spaß, die Garten- und Terrassenmöbel aufzustellen und die ersten Blumen zu pflanzen. Glücklich war ich immer, wenn ich arbeiten und mich bewegen konnte.

Im Sommer feierte ich meinen Geburtstag zu Hause im kleinen Kreis. Ich war froh, dass mein Enkel Patrick, zu dem die Beziehung zwischendurch ebenfalls verloren gegangen war, meine Einladung annahm. Ich sollte mir etwas von ihm wünschen. Zufällig hatte ich in der Stadt zwei weiße, in der Größe sehr unterschiedliche Vasen mit einer ungewöhnlichen Form gesehen, die mir gefielen. Die kleinere Vase wünschte ich mir von ihm. Sie war schlicht und hatte eine kleine Öffnung für nur einen einzigen Blütenstiel: eben etwas ganz Besonderes.

Am Nachmittag kam die Familie mit vielen schönen Geschenken. Mein Enkel Patrick meinte es besonders gut und überraschte mich mit zwei dieser Vasen. Er wusste noch, dass ich zur Dekoration meiner Fensterbänke gern zwei gleiche Gegenstände aufstelle. Diese Idee habe ich aus den Niederlanden mitgebracht, wo uns auch Patrick besucht hatte, als mein Mann dort für einige Jahre gearbeitet hat. Hocherfreut bedankte ich mich für das unerwartete Geschenk. Als ich die Vasen nebeneinanderstellte, drängte sich mir der Gedanke auf, dass sie aussahen wie moderne Urnen. Schnell wischte ich diesen Gedanken fort und erfreute mich an allen anderen Dingen, vor allem aber an meinen Gästen. Dennoch war ich traurig, da mir meine Iris so sehr fehlte. Kein Anruf, keine Karte oder Wünsche durch Patrick an mich …

Meine Tochter Iris fehlte an meinem Geburtstag

Wie gern hätte ich jetzt meine Tochter Iris nach so langer Zeit wieder dabeigehabt. Gemeinsam mit ihrem Sohn Patrick, ihrer Schwester Sabine und ihrem Bruder Helge und ein paar anderen Gästen hätten wir eine gute Zeit miteinander verbringen können. Durch die Sorge um meine Tochter war mein Geburtstag nur halb so schön. Ich hoffte doch so sehr, dass sie mich wenigstens noch anrufen würde. Leider wartete ich vergebens.

Sabine war mit dieser Situation überfordert. Mehrfach hatte sie mir schon berichtet, dass sie Iris schon seit einigen Jahren als etwas merkwürdig empfunden hatte, und dass sie ihr bereits in der Jugend oft auf die Nerven gegangen sei. Das hatte ich nie so bemerkt. Dennoch liebte sie ihre Schwester sehr und hätte alles für sie getan. Ich selbst hatte Iris immer als besonders fürsorglich, hilfsbereit, umsichtig und zuverlässig beobachtet. Sie hatte bereits als Kind unaufgefordert gern eine Art Mutterrolle gegenüber ihrer jüngeren Geschwister übernommen. Ich konnte mich immer auf sie verlassen und hatte eine sehr gute Beziehung zu ihr.

Der Tag, an dem sich für mich alles veränderte

Eine Woche später hatte meine Freundin Ilse aus Koblenz Geburtstag. Iris hatte mich früher immer daran erinnert. Sie war in dieser Beziehung mein „Gedächtnis", da sie fast jeden Geburtstag im Familien- und Freundeskreis behielt.

Ilse und ich sind etwa gleichaltrig und hatten uns in den siebziger Jahren in Frankreich kennengelernt. Unsere Männer arbeiteten gemeinsam bei einer Dienststelle der Bundeswehr in Fontainebleau. Oft plauderten wir über die vielen lustigen Begebenheiten, die wir damals gemeinsam mit ihrem Mann Willi, meinem Mann Arno und unseren Kindern erlebt hatten.

Auch in diesem Jahr wurde ich an Ilses Geburtstag erinnert, aber auf eine Art und Weise, die mein Leben und das meiner Familie schlagartig verändern sollte.

An diesem Tag hatte ich mich auch mit meiner Freundin Gerhild verabredet. Es sollte ein sehr heißer Tag werden, deshalb wollten wir früher los und trafen uns vor ihrem Hauseingang. Ohne Absprache hatten wir beide uns ganz schwarz gekleidet. Bei Gerhild war es nichts Besonderes, sie trug fast immer Schwarz. Wie blöd, dachte ich, bei dieser Hitze bei über 30 Grad in Schwarz zu gehen, zumal ich nur ganz selten schwarze Kleidung trug. Egal, vielleicht wollte ich mich einfach nur einmal Gerhild anpassen.

Trotz unserer dunklen Kleidung wurde es noch ein sehr netter Stadtbummel, verbunden mit einem Kaffeeklatsch und kleinen Einkäufen. So entdeckte ich mit Gerhild in einem schicken Geschäft einen besonders eleganten Sommerschal. Es gab nur ganz wenige und schön verpackte Exemplare davon. Eben wieder etwas ganz Besonderes, dachte ich. Die zarten Pastelltöne mit weißen kleinen Herzen darauf passten gut zu meiner Kleidung. Am Ende des Schals war ein pinkfarbener Schriftzug in englischer Sprache, dies nahm ich aber zunächst überhaupt nicht wahr und vergaß es bald wieder. Nie zuvor hatte ich mir einen so teuren Schal geleistet, ich war ganz stolz darauf.

Eine Kollegin aus meiner früheren Dienststelle der Bundeswehr lief mir noch über den Weg.

„Meine Güte", sagte ich, „wie viele Jahre haben wir uns nicht mehr gesehen?" Es war nur ein kurzes Gespräch und ich merkte, dass es ihr nicht so gut ging. Mit dem ihr eigenen Humor überspielte sie vieles und wünschte mir alles erdenklich Gute. Ich freute mich über diese Begegnung und wir verabredeten, uns bald wiederzusehen.

Am Spätnachmittag besuchten mein Mann und ich meinen Sohn Helge und seine Frau Tanja. Dort geht es eigentlich immer sehr lustig und unbeschwert zu, doch dieses Mal führten wir andere Gespräche als sonst. Ich beschwerte mich unter anderem darüber, dass er mich und auch seine Geschwister zu selten besuchte oder anrief. Er verstand es glänzend, seine Schichtarbeit als Ausrede zu nutzen. Ich zog es ein wenig ins Lächerliche und war nicht böse, zumal ich wusste, dass ich mich sonst immer auf ihn verlassen konnte.

„Na ja, diese kleinen Ausreden vom Schichtdienst nehme ich ja noch hin, doch wie schnell könnte doch mal etwas sein, was man hinterher bereut“, sagte ich ihm. Ein „Hallo Mama“ am Telefon würde schon reichen. Vielleicht sind Söhne etwas anders gestrickt als Töchter? Sabine meldete sich regelmäßig!

Wir genossen den schönen Spätnachmittag auf seiner Terrasse, die meine Schwiegertochter Tanja mit fröhlichen Farben dekoriert hatte. Ich drängte bald darauf zum Aufbruch, da die Hitze mich müde gemacht hatte und ich auch eine sonderbare Unruhe in mir spürte. Liebevoll verabschiedeten wir uns. Helge nahm mich noch in den Arm und sagte: „Ich habe dich lieb, meine Mama.“

„Tschüss. Danke mein Sohn! Ich dich auch!“

Später beim Abendbrot unterhielt ich mich mit meinem Mann noch über den erlebnisreichen Tag und wir freuten uns auf einen ruhigen Abend zu zweit. Punkt halb acht klingelte das Telefon. Normalerweise gehe ich ans Telefon, doch zufälligerweise nahm dieses Mal mein Mann den Hörer ab. An seinen Gesichtszügen erkannte ich, dass etwas nicht in Ordnung war.

Er nahm ganz fest meine Hand und sagte ganz ruhig: „Du musst jetzt ganz stark sein!“ Ich ahnte Schlimmes und dachte an meine Unruhe Helge gegenüber. Meine Mutter kam mir sofort in den Sinn, sie war immerhin schon 93 Jahre alt, man konnte daher immer mit einer traurigen Nachricht rechnen.

Der Gedanke, dass es etwas mit meiner Tochter Iris zu tun hatte, kam mir nicht. „Sie ist heute, am 24. Juli, von uns gegangen“, sagte mein Mann leise zu mir.

Ihr Mann Ralf war nicht in der Lage, selbst anzurufen und hatte sich Hilfe von meinem anderen Schwiegersohn Kai geholt.

Ich saß wie versteinert da, ohne ein Laut von mir zu geben. Dieser Moment war wohl der Schlimmste in meinem Leben. Mir war, als zöge man mir den Boden unter den Füßen weg. Ich musste jetzt zu ihr, sie einfach in den Arm nehmen, um mich von ihr zu verabschieden. Kai sagte jedoch zu meinem Mann, dass es ratsam wäre, nicht zu kommen und sie lieber in fröhlicher Erinnerung zu behalten.

Ungefähr vor einem Jahr, vor ihrem Reha-Aufenthalt, hatte sie mich besucht und war seit langer Zeit wieder einmal glücklich gewesen. Sie freute sich auf diese Behandlung und hoffte auf Heilung. Beim Fortgehen winkte sie meiner Schwester Christel, die zu Besuch war, und mir fröhlich zu.

„Bis bald, ich liebe euch!"

Nichts wird so sein, wie es einmal war

Mein Mann wusste, dass es jetzt keine tröstenden Worte gab, aber er war bei mir und gab mir dadurch Kraft und Halt. Schweren Herzens hatte ich mich im letzten Jahr an die Situation ohne meine Iris gewöhnt und damit abfinden müssen, sie selten oder gar nicht zu sehen. In diesem Moment jedoch brach eine Welt für mich zusammen und ich wusste nicht, wie es jetzt weitergehen sollte. Nichts wird mehr so wie früher sein und wie würde ich das verkraften? Ich betete zum lieben Herrgott und zu meinen Engeln, um uns alle zu stärken und Kraft zu geben.

Unglaublich wahre Erlebnisse

Nach langjährigen Depressionen hatte meine Iris selbst über ihr Leben entschieden. Viele seltsame Gedanken schwirrten mir durch den Kopf. Gerade gestern, an dem Tag, als meine älteste Freundin Ilse Geburtstag hatte, an den mich meine Iris immer erinnerte. Jetzt sorgte sie dafür, dass ich diesen Geburtstag niemals mehr vergessen würde. Dann der Stadtbesuch mit Gerhild in ganz schwarzer Kleidung bei 30 Grad Hitze, die Kollegin, die ich Jahre nicht gesehen hatte und die mir von Herzen alles Gute wünschte und selbst krank war. Dann dieser wunderschöne Schal, der mit weißen Herzen bedruckt war und die pinkfarbene Schrift trug: *For ever yours – Für immer dein!*

Alle Erinnerungen kamen plötzlich wieder, was mich erschauern lies. Als wenn meine Iris dafür gesorgt hätte, dass gerade dieser Spruch auf dem Schal stünde, den ich an ihrem Sterbetag kaufte. Dazu das Geschenk von meinem Enkel Patrick: Die zwei gleichen Vasen, die für mich wie zwei moderne Urnen aussahen, und schließlich die Gespräche bei meinem Sohn Helge und der Versuch, ihn wachzurütteln, sich doch häufiger bei mir zu melden. Das alles konnte doch kein Zufall sein?

Ablenken und Arbeiten

Ich musste mich jetzt ablenken und ging am nächsten Tag gleich wieder zu meinem Chef. In ihm fand ich jetzt einen guten Freund und Zuhörer. Keiner konnte mich damals besser verstehen, als er und seine Familie. Er hatte vor knapp drei Jahren mit seiner Frau Iris eine ähnliche Situation erlebt. Wie ungeheuerlich seltsam mir das alles erschien. Neue Ereignisse, die mir auffielen, berichtete ich ihm.

An Zufälle glaubte ich jetzt schon nicht mehr. Ich dachte zum Beispiel an die schöne Kirschbaum-Urne, die Ralf seiner Mutter anfertigte. Ich fragte ihn, ob er jetzt für meine Tochter Iris, statt für meine Mutter Else, eine solche Urne anfertigen könnte. Im Gedächtnis an seine Mutter erfüllte er mir mit Freude diesen Wunsch. Mit einer liebevollen Selbstverständlichkeit sagte er sofort zu, obwohl es für ihn auch schmerzlich war, nochmals die gleiche Urne für eine andere Iris anzufertigen. Wie schade, dass Ralf, der wie mein Schwiegersohn heißt, meine Iris nie kennengelernt hatte. Ich berichtete ihm, dass sie alles, was aus Holz war, sehr geliebt hatte, und dass ihr diese schöne Urne sehr gefallen und sie sich sicher sehr gefreut hätte. Danke, Ralf!

Ähnlichkeiten

Ein paar Tage vor der Trauerfeier, die auch in Mombach stattfand, überreichte mir Ralf diese Urne. Es war ein Geschenk für mich und meine Tochter Iris. Es gab immer wieder Dinge, die für mich längst keine Zufälle mehr waren: Beide Verstorbenen hießen Iris, beide wurden in Berlin geboren, beide wählten die anonyme Wiese in Mombach und beide bekamen die gleiche schöne Urne aus Kirschbaumholz – und beide hatten eine Baumbestattung. Mein Schwiegersohn hieß Ralf und der Sohn von Frau Iris hieß auch Ralf.

Vor der Trauerfeier stellte ich die Urne, mit einer Efeuranke geschmückt, zu den beiden Vasen und dem Bild von

Iris auf unser Sideboard. Nie hätte mein Enkel Patrick gedacht, dass sein Geschenk, die zwei Vasen, für mich so eine große Bedeutung haben würden.

Ähnliches passierte auch in der Familie meines Professors: Auch hier wurde die Urne zusammen mit einem Bild von Frau Iris sowie einem Blumenstrauß aufgestellt.

Diese und ähnliche Ereignisse spielen immer wieder eine große Rolle in meiner Geschichte: eine unglaubliche und wahre Geschichte. Eine Geschichte, die so einzigartig, spannend und facettenreich ist. Sie ist traurig, aber auch sehr schön und hat mir immer wieder geholfen, mit der Trauer um meine Tochter besser umgehen zu können.

Ein Schmetterling zur Trauerfeier

Die Trauerfeier fand im August statt. Der Sommer hatte es sehr gut gemeint, an diesem Tag war es ganz besonders heiß. Meine Tochter Sabine ließ bei Harald, einem befreundeten Blumenhändler, als Gruß von uns allen einen wunderschönen, aus bunten Blumen gesteckten Schmetterling anfertigen. Wir kannten Harald bereits aus Frankreich; aufgrund seiner Empfehlung sind wir damals nach Mainz gezogen. Dass es gerade ein Schmetterling sein sollte, war für mich eine Überraschung. Ich hatte Iris einmal zu ihren Lebzeiten einen kleinen grünen Schmuck-Schmetterling geschenkt. Er passte einfach zu ihr, sie liebte so etwas. All diese Erlebnisse sollten irgendwann noch einmal eine Bedeutung erlangen.

Der Blumen-Schmetterling war mit orangen und weißen Blüten, die wie Tupfen in den Flügeln aussahen, wunderschön geschmückt. Der Rumpf war dunkelbraun, und er leuchtete so farbenfroh, denn durch das Fenster der kleinen Waldfriedhofskapelle fielen die Sonnenstrahlen direkt auf ihn. So traurig es auch war, so friedvoll und schön hätte es sich meine Iris gewünscht. Ich saß neben ihrem geliebten Vater, und wir hielten uns für einen Moment lang die Hände. Am 17. August wäre sie fünfzig Jahre alt geworden. Sie hatte am gleichen Tag Geburtstag wie ihr Vater. Von einem sehr schönen Foto lächelte sie uns zu.

Mein Schwiegersohn, Ralf Barth, hatte sich für eine Baumbestattung für seine Frau entschieden, was wohl auch ihr Wunsch gewesen war. Zudem wohnte er nicht sehr weit vom Mombacher Waldfriedhof entfernt. Gleich am Anfang der anonymen Wiese entdeckte ich zwei Schilder mit der Nr. 17 und 18. Es sind Hinweise für die jeweiligen Besucher, dachte ich, und ich konnte sie mir gut merken. Mein Enkel Patrick wollte den schweren letzten Weg mit der Urne seiner „Mutsch“, so nannte er sie immer, allein gehen. Mit dem Pfarrer an seiner Seite und allen trauernden Gästen war es für ihn nicht ganz so schwer; aber ich wusste auch, dass dieser Weg kein leichter sein wird. Noch wollte ich alles nicht begreifen.

Hier war ich schon vor drei Jahren, hier war die Urnenbeisetzung von Frau Iris, der Frau meines Professors. Auch für ihn war dieser Weg kein leichter. An diesem Tag konnte ich ihn sehr gut verstehen.

Unter einem noch jungen Kirschbaum wurde die schöne Kirschbaum-Urne niedergelassen. Durch die Sommerhitze war die große Wiese leider sehr ausgetrocknet. Aber trotz Trauer war ich glücklich, dass der kleine Kirschbaum noch ein grünes Kleid trug. Ich schaute an ihm hoch und entdeckte eine kleine grüne Plakette. Jeder Baum hatte seine eigene Nummer, und diese war eine ganz besondere: 147. Es war mein Geburtsdatum 14.7. Meine Tränen konnte ich nicht mehr unterdrücken und bedankte mich für dieses Zeichen. Ich drehte mich um und blickte in die Richtung zur Ruhestätte von Frau Iris: Zufall? Nein!

Zweimal Iris auf der gleichen Wiese. Ich dachte über die alten und neuen Erlebnisse nach. Diese Gedanken an zwei Menschen, die ich sehr liebte. Für beide sollte es diese anonyme Wiese in Mombach sein. Ralf heißt der Mann meiner Tochter Iris und Ralf der Sohn von Frau Iris. Für beide fertigte er die edlen Kirschbaum-Urnen an. Beide kommen aus Berlin. Zwei, die sich leider nicht kannten, sind sich jetzt sehr nahe. Kann es wirklich so viele Zufälle geben?

Auch meine Schwester Christel aus Berlin war bei der Trauerfeier anwesend. Sie wollte noch ein paar Tage länger bleiben, musste aber wieder nach Hause, da sie die Nachricht bekam, dass unsere Mutter einen Herzanfall erlitten hatte. Ich konnte mich zu diesem Zeitpunkt nicht entscheiden, mit ihr zu fahren. Zudem sollte ihr Hund eine Weile bei uns bleiben, da sie sich auf eine größere Operation vorbereiten musste und über jede Hilfe froh war. Ich konnte die Ablenkung durch einen Hund auch sehr gut gebrauchen.

Nur sechs Tage nach der Trauerfeier meiner Tochter verstarb unsere liebe Mutter Elsa Baum am 18. August. Einen Tag zuvor, am 17. August, wäre meine Iris fünfzig Jahre alt geworden.

War es wieder nur Zufall, dass die beiden Zahlen 17 und 18 für mich eine Rolle spielen sollten? An diese Tage im August, den 17. und den 18., werde ich mich immer erinnern. Auch den 24. Juli, den Tag, an dem meine Iris starb und meine Freundin Ilse Geburtstag hat, werde ich nie mehr vergessen. Darüber hinaus wird Iris den 14.7., das Datum meines Geburtstages, auf der Plakette an ihrem Kirschbaum behalten.

Trauer um meine Mutter

Ich hatte unserer Mutter immer gewünscht, dass sie nicht leiden sollte. Vielleicht hat der Tod meiner Tochter dazu beigetragen, dass sie ruhig und ohne Schmerzen eingeschlafen ist. Wie gern hätte ich sie noch in den Arm genommen und mein Versprechen eingehalten, in ihren letzten Stunden bei ihr zu sein. Die Gedanken, meine Iris und Mutter nicht mehr gesehen zu haben, brachten mir viele unruhige und schlaflose Nächte. Auch meine Schwester tat mir leid. Sie hatte jetzt mit sich selbst und ihrer Operation zu tun. Zum Glück hatte es damit bis zur Bestattung von Mutter Else noch Zeit.

Leicht wie eine Feder

Meine Mutter war eine kleine, tapfere und stolze Frau. Sie war die einzige Tochter und hatte noch fünf Brüder. Alle sind vor ihr gegangen, auch mein Vater, sowie ihre liebste Schwägerin Ulla. Ich habe bei unserer Mutter immer bewundert, mit welcher Kraft und Stärke sie alle diese traurigen Ereignisse überwunden hat. Gern trank sie ein Gläschen guten Weins mit uns, den wir ihr aus unserer Gegend mitbrachten. Danach wirkte sie aufgeschlossener und fröhlich. Oft sang sie dann: „Ich fühle mich leicht wie eine Feder“, eine Feder, wie sie auch an

ihrem Hut steckte. Zur Erinnerung habe ich diesen Hut bei mir behalten, irgendwann werde ich ihn vielleicht aufsetzen. Sich „leicht wie eine Feder“ zu fühlen, wird uns immer an Mutter Else erinnern und uns ein Lächeln auf die Lippen zaubern. Jedes Mal, wenn mir eine Feder zufliegt, sage ich: „Hallo, Mama!“ So rief mich auch immer meine Iris: „Hallo, Mama!“

Mit „Hallo Mama – ich bin da“, kam meine Iris am 17. August 1963 im Waldkrankenhaus Berlin-Spandau zur Welt. Und in diesem Krankenhaus ist auch unsere Mutter Else von uns gegangen.

Meine Arbeit und die einfühlsamen Gespräche mit meinem Chef halfen mir immer wieder, neuen Mut zu fassen. Der Haushalt, in dem so einiges erledigt werden musste, brachte mich wieder auf andere Gedanken. Oft saß ich vor dem großen Foto von Frau Iris und redete mit ihr, wie es wohl meiner Tochter Iris und meiner Mutter gehen würde. Mir war immer so, als wenn sie in meiner Nähe wäre und mir mit ihrem Lächeln Trost schenkte. Danach ging es mir wieder besser.

Am 6. September 2013 wurde meine Mutter Else, ebenfalls auf einer anonymen Wiese, auf dem Friedhof in Berlin-Spandau beigesetzt. Als letzten Gruß spielte mein Mann Jürgen auch für sie Orgel. Er mochte seine Schwiegermutter und konnte seine Trauer nur schwer verbergen. Auch für ihn war es eine schwere Zeit.

Gemeinsam suchten wir eine Urne aus, die geschmückt wurde von einem Bild mit einer zart gemalten Baumallee im Sonnenlicht und hellblauen Wolken. Mutter liebte helle und fröhliche Farben. So kam unser Mädchenname „Baum“ wieder zur Geltung. Auch neben der Ruhestätte unserer Mutter steht ein großer Baum, der an diesem Tag genauso leuchtete wie die Bäume auf Ihrer Urne. Er wuchs in zwei Stämmen, die sich ineinander verbunden haben, wie vielleicht meine Iris und ihre Oma Else Baum. Mit dieser Vorstellung, dass sie sich beide im Himmel haben, komme ich bis heute sehr gut zurecht.

Weitere Ähnlichkeiten

Der Alltag holte mich wieder ein und der Hund meiner Schwester, Haggard, sorgte weiter für Abwechslung. Er war ein netter Kerl und verstand es, mich auf andere Gedanken zu bringen.

So nach und nach entdeckte ich im Hause des Professors kleine Dinge von seiner Frau, die mich animierten, in verschiedenen Büchern zu blättern. Etwas seelenverwandt waren wir offensichtlich schon, da wir beide an unsere Schutzengel glaubten.

Unter anderem fand ich ein Jahresbuch *Wurzeln, die uns tragen – Für jeden Tag ein gutes Wort* mit wunderschönen Versen und Sprüchen, die ich jedes Jahr aufs Neue aufschlagen und lesen kann.

Ich nahm ein anderes Buch mit dem Titel *Lass mich, Engel, nicht allein – Ermutigungen für den Tag, das Jahr und den Weg des Lebens* zur Hand. Spontan schlug ich eine Seite mit folgendem Text auf: *An meinen Engel: Wie deutlich habe ich dich als Kind gespürt, war mir vor Angst die Kehle zugeschnürt, hast du gesungen – mit Engelszungen – und mich ganz sicher an der Hand geführt!* Dieser Vers hat es in sich, und ich bekam eine Gänsehaut. Ich glaube auch an diese Engel, die uns alle ganz oft an die Hand nehmen und uns führen.

Wieder ein Schmetterling

Seit dem Tod von Frau Iris waren nun schon drei Jahre vergangen. Und auch hier, im Haus meines Professors, musste ich oft an meine Tochter denken.

Ich war im unteren Bereich, die Terrassentür stand offen. Es war noch sehr warm und ich merkte, dass sich etwas hinter dem Vorhang bewegte. Ein weißer Schmetterling hatte sich verirrt und flatterte wild. Ich streckte ihm meine Hand entgegen, auf der er sich ruhig niederließ, was ich gar nicht glauben konnte. Er blieb sitzen und rührte sich nicht vom Fleck. Ich bekam eine Gänsehaut und hätte schwören können, dass ich meiner Tochter in diesem Augenblick sehr nahe war. Ich gab ihm einen kleinen Schubs, um in die Freiheit zu fliegen. Nur mit Mühe konnte ich ihn dazu bringen.

Was für ein Erlebnis, dachte ich, und alle Gedanken kamen wieder in mir hoch: Da waren diese zwei urnenförmigen Vasen für meine beiden Todesfälle, der bunte Schmetterling für meine Tochter als Grabschmuck und das Erlebnis jetzt hier mit dem Schmetterling, das mich sehr bewegte.

Dieses Jahr hatte es ganz schön in sich: Jetzt kam auch noch die größere Operation meiner Schwester dazu. Es waren diese Wochen, die mich mit Haggard, Haushalt und Nebenjob ausfüllten, und in denen ich wenig Zeit zum Nachdenken hatte. Immer wieder kamen Gäste zum Professor, die ich empfangen und bewirten konnte. Zumeist waren es Architekten, die er ausgebildet hatte. Sie besuchen ihn heute noch und führen lange Gespräche mit ihm. Sogar unseren Oberbürgermeister konnte ich empfangen. Der Professor ist eben unermüdlich, gezielt in seinem Handeln und in seinen Fähigkeiten. Mit anderen Worten, er ist eine außergewöhnliche Persönlichkeit.

Der Schal – Zufälle, die keine sind

Wir wohnen in Mainz Hechtsheim, von Weinbergen umgeben, mit sehr netten und hilfsbereiten Nachbarn. Haggard ist ein aufgewecktes Kerlchen, mit dem ich durch die Weinberge lief und nette Menschen mit deren Hunden kennenlernte. Oft ist er mir weggelaufen und ich bekam vor Angst

Schweißausbrüche, denn ich hatte keine Erfahrung mit Hunden, aber die Verantwortung für ihn.

Haggard ging gar nicht gern im Regen spazieren, aber einmal machten wir uns, obwohl es regnete, dennoch auf den Weg. Dieses Mal ging es nicht in die Weinberge, da der Hund mich in eine völlig andere Richtung zog: nämlich zu einer Verkehrsinsel mit drei Bäumen gegenüber unseres Hauses. In diese Richtung war ich noch nie gegangen. Von Weitem sah ich, dass um einen der drei Bäume ein völlig durchnässtes Tuch geschlungen war. Ich erkannte meinen Schal mit dem Herzen und der rosa Schrift sofort, konnte mir aber nicht erklären, wie er hierher gekommen war, da ich ihn doch meiner Tochter Sabine geliehen hatte! Sie musste ihn bei ihrem letzten Besuch vor unserer Haustür verloren haben und eine Windböe hatte ihn dann vielleicht um den Baum geweht. Sehr seltsam, dachte ich, da es doch dieser besondere Schal war, den ich mir am Todestag meiner Tochter gekauft hatte, weil er so einzigartig, schön und bestimmt auch ganz selten war.

Schnell ging ich mit Haggard nach Hause, wohin mich der Hund bei diesem Wetter automatisch zog. Ich war sehr aufgeregt und rief jetzt ganz schnell meine Tochter Sabine an, ob sie meinen Schal vermisste. Sie sagte, dass sie gerade im Schlafzimmer vor ihrem Schrank stehe und der Schal direkt vor ihr liege. Einen so seltenen Schal, dachte ich, gibt es nur einmal, und wenn doch nicht, dann aber ganz bestimmt nicht hier, fast vor meiner Haustür. Iris!, schoss es mir durch den Kopf. Mir war, als hätte meine Tochter diesen Schal dorthin gelegt, damit ihre Schwester und ich den gleichen hätten. Diesen Schriftzug auf Englisch hatte ich nie so richtig wahrgenommen, doch jetzt bekam alles eine ganz andere Bedeutung. *Für immer dein.* Warum hatte mich Haggard gerade hierher gezerrt? An Zufälle glaubte ich schon länger nicht mehr.

Es musste etwas Höheres zwischen Himmel und Erde geben: Das soeben berichtete Erlebnis mit diesem Schal und viele weitere Vorkommnissen dieser Art, die sich häuften, brachten mich dazu, eine Art Tagebuch zu schreiben. Aus diesem möchte ich hier auszugsweise zitieren. Es handelt sich um Beschreibungen unglaublicher, von mir erlebter Begegnungen und Parallelen.

Aus meinem Tagebuch

Die Zeit bis Ende Oktober 2013 verging sehr schnell. Haggard kam endlich wieder zu seinem Frauchen nach Berlin zurück. Zum Glück ging es meiner Schwester nach ihrer OP wieder besser. Die Freude des Wiedersehens war für uns sehr groß. Immerhin hatten wir beide zwei schwere Schicksalsschläge kurz hintereinander zu verkraften. Wir telefonierten viel miteinander, was uns ein wenig Trost und Erleichterung verschaffte. Meine Schwester lebte schon viele Jahre allein, da sie ihren Mann sehr früh verloren und keine Kinder hatte. Sie sagte immer: „Du hast ja drei, die reichen für mich mit.“ Ich war weit weg und konnte leider nicht so oft zu ihr kommen. Auch sie hatte eine schwere Zeit hinter sich, daher war ich jetzt froh, dass sie ihren Haggard wiederhatte.

Ich war zufrieden, dass es meinem Chef gut ging und wir beide nach fast drei Jahren ein gut eingespieltes Team waren. Das dritte Weihnachtsfest stand vor der Tür. Wie in jedem Jahr wurde ein großer Weihnachtsbaum aufgestellt, wofür Ralf, der Sohn des Professors, zuständig war. Wie schön, dass ich mich darum nicht kümmern musste, denn ich hatte genug mit den Vorbereitungen und dem Schmücken des Baumes zu tun. Es mussten immer Lametta, echte Kerzen und der Rest von den Weihnachtskugeln am Baum sein.

Als Kind durfte nur ich mit meinem Vater Anton Baum unseren Weihnachtsbaum schmücken. Er warf das Lametta von Weitem in den Baum und es sah trotzdem immer sauber und akkurat aus. Darauf legte er großen Wert. Ganz oben auf die Tannenspitze steckte mein Vater zwei bunte Vögelchen. Jedes Jahr wurde alles ganz genau wiederholt. Trotzdem sah unser Baum immer ein wenig anders aus und für uns war er sowieso der schönste Baum weit und breit. Bis zum Heiligabend wurde unser Weihnachtsbaum in einem Nebenzimmer geschmückt und dann dort versteckt gehalten. Ich war schon damals kreativ und konnte aus allem etwas machen, sei es basteln, malen, dichten und dekorieren.

Meine Schwester zog es vor zu lernen und zu lesen. Wir waren sehr unterschiedlich, aber wir ergänzten uns gut.

Auch in diesem Jahr hatte ich mir große Mühe mit dem Weihnachtsbaum gegeben und freute mich, dass die Familie meines Chefs wieder aus Berlin anreiste. Die Enkelkinder Jana und Peer brachten immer sehr viel Leben ins Haus. Für meine Familie und mich war es das erste Weihnachten ohne meine Tochter Iris. Ich war froh über jede Art von Ablenkung und gab mir Mühe, mich an schönen Erinnerungen und Gedanken festzuhalten.

Schnell waren die Weihnachtstage vorbei und die Vorbereitungen für den Silvesterabend standen an. Noch wohnte der Sohn mit im Haus und zauberte, wie immer einen leckeren Braten für die Festtage auf den Tisch. Ein Brauch, den er von der Hausfrau Iris übernommen hatte. So wusste ich, dass es den beiden Männern gut geht.

Silvester wollten wir in diesem Jahr nicht allein sein. Ich brauchte Menschen um mich, die unterhaltsam und fröhlich waren, und ich war froh, dass meine Freundin Gisela an diesem Silvesterabend Zeit und Lust hatte, zu uns zu kommen. Es war schon einige Jahre her, dass ihre jüngste Tochter an einer schweren Krankheit gestorben war. Mit Gisela konnte ich mich gut über sie unterhalten. Und ich erinnere mich noch sehr gut an diese fröhliche, junge Frau. Seit der Trauerfeier für Giselas Tochter, wusste ich, wie tief der Schmerz ist, ein Kind zu verlieren. Nun war ich in der gleichen Situation und darum sehr glücklich, jemanden wie Gisela zu haben, die Freud und Leid mit mir teilen konnte. So wurde es dennoch ein recht fröhlicher und gemütlicher Silvesterabend.

Mein Mann und ich wussten, was wir uns, unserer Familie und unseren Freunden für das neue Jahr wünschten: Gesundheit, Frieden auf der Welt, einen sicheren Arbeitsplatz, ein Dach über dem Kopf, immer ausreichend zu essen und zu trinken und, dass wir uns alle verstehen und einander verzeihen können. Darum bitte den lieben Gott und danke ihm jeden Tag dafür.

Rückblick: Frankreich

Die Jahre 1970–1974 verbrachten meine Familie und ich in Fontainebleau, Frankreich. Mein erster Mann verdiente dort als sehr guter Schreiner für unsere fünfköpfige Familie bei einer internationalen Dienststelle der Bundeswehr sein Geld. Unter fünfzig Bewerbern hatte er das große Glück, diese Stelle zu bekommen. Mit drei kleinen Kindern wollten wir dieses Angebot nicht abschlagen und waren neugierig auf ein neues Zuhause im Ausland. Wir zogen in eine helle und große Wohnung mit einem acht Meter langen Balkon und vier Zimmern. Das war zu dieser Zeit Luxus für uns alle im schönen Vorort Avon. Das Schloss Fontainebleau aus dem 16. Jahrhundert lag nicht weit von uns entfernt.

Wir hatten keine Geldsorgen mehr. Endlich konnten wir uns unser erstes Auto leisten und ich konnte meinen Führerschein machen. Es stellte sich heraus, dass unsere Nachbarin aus Berlin war, wo ihr Mann als französischer Attaché bei der NATO gedient hat. Wir pflegten eine gute Nachbarschaft, und ich war glücklich, dass ich jemanden hatte, mit dem ich mich auf Deutsch unterhalten konnte. Wie gern wäre ich mit meinem Mann damals nach Berlin gezogen, aber zu der Zeit gab es dort keine Stelle für ihn.

Irgendwie mussten wir uns Gedanken machen, was nach Ablauf der vier Jahre, die man im Ausland bleiben durfte, werden soll. In Fontainebleau lernten wir ein Soldaten-Ehepaar kennen, das sich wünschte, wir kämen mit nach Mainz. Ein neuer Arbeitsplatz für meinen Mann, der bei der Bundeswehr bleiben wollte, war nicht so einfach zu finden. Nach längeren Überlegungen und mehreren Bewerbungen wurde ihm eine Stelle in Mainz zugesagt. Im Frühjahr 1974 zogen wir in den Vorort Mainz-Mombach. Iris hat in Mainz ihre französischen Schulkenntnisse leider nicht vertiefen können, da die Sprache dort in der Schule nicht angeboten wurde. Wie schade, da sie fließend Französisch sprach. Sabine war erst sieben Jahre alt und wurde in Mainz eingeschult. Helge musste noch ein Jahr bis zur Einschulung warten. Gern denke ich heute an diese Zeit zurück, die uns sehr viele schöne, aber auch anstrengende Jahre brachten.

Das Jahr 2014

Vierzig Jahre waren seitdem vergangen. Es war ein großer Wunsch von mir, mal wieder nach Frankreich zu fahren. Ich wollte noch einmal meine frühere Nachbarin und ihre Familie besuchen, was ich ihr schon mehrfach telefonisch versprochen hatte, jedoch nie halten konnte. Nun war sie bereits achtzig Jahre alt geworden und endlich würde auch für sie der Wunsch noch in Erfüllung gehen, mich zu sehen. Ich freute mich sehr auf die Reise mit meinem Mann, die wir in diesem Sommer antreten wollten.

Das Hochhaus war inzwischen modernisiert, viele Erinnerungen kamen zurück. Der Fahrstuhl hielt im vierten Stock, wo auch wir gewohnt hatten und eine feine, immer noch stattliche und gepflegte Dame erwartete uns an der Tür. Sie bat uns in die Wohnung. Mit welcher Warmherzigkeit wir empfangen wurden! Wie gut konnte ich mich noch an ihre schöne Wohnung erinnern. Ich hatte den Eindruck, dass alles noch so da stand wie früher, nur ihre große dicke Katze „Lucifer" gab es schon lange nicht mehr. Zum Glück erkannte sie mich gleich wieder und wir konnten trotz ihrer leichten Demenz Erinnerungen austauschen. Mein Mann spricht Französisch und hat viel dazu beigetragen, etwas über ihre Tochter und den ältesten Sohn zu erfahren. Ihren Mann hatte sie schon sehr früh verloren, so auch ihren jüngsten Sohn Pascal, beide habe ich noch gekannt. Sie hatte also das gleiche oder zumindest ein ähnliches Schicksal, ihr Kind betreffend, wie ich. Leider ging die Zeit viel zu schnell vorbei. Wir bedankten uns für dieses Wiedersehen und versprachen, Verbindung zu halten.

Am 13. Juli fand das Endspiel der Fußballweltmeisterschaft statt: Deutschland gegen Argentinien. Wir nutzen diesen sehr regnerischen Tag, um von Fontainebleau nach Paris zu fahren. Wegen des Regens erlebten wir Paris einmal ganz anders: Die Straßen waren so leer, wie wir sie noch nie gesehen hatten. Alles war schon für den Nationalfeiertag, den 14. Juli, geschmückt. Wegen der freien Straßen konnten wir noch recht viel von Paris sehen, und machten die schönsten Bilder vom Eiffelturm im Regen.

Irgendwann später fuhren wir entlang der Seine nach Norden bis nach Dieppe an die Kanalküste. Mein Mann wollte mich mit einem schönen Hotelaufenthalt zu meinem

Geburtstag überraschen, was ihm auch sehr gelungen war. Die Sonne schien, und wir hatten aus unserem Zimmer einen wunderbaren Blick auf den Strand und das Meer. Auch hier wurde schon alles für den Nationalfeiertag vorbereitet. Überall wehten farbenfrohe Flaggen und auch die Vorbereitungen für ein großes Feuerwerk am Strand waren fast beendet. Zu meiner Freude gab es einen Fernseher, und so konnten wir das Endspiel verfolgen. Jetzt musste nur noch Deutschland die WM gewinnen!

Gegen Mitternacht schoss Mario Götze das entscheidende Tor und kurz danach, Punkt 24 Uhr, fand ein großes Feuerwerk vor unserem Hotel auf dem Strand statt. Für mich war dieser Tag, durch das Feuerwerk und die gewonnenen WM, eines der schönsten Geburtstagsgeschenke meines Lebens.

Noch am gleichen Tag fuhren wir zurück nach Mainz, wo am späten Nachmittag meine Geburtstagsfeier stattfinden sollte. Wie gern hätte ich alle meine drei Kinder, also auch meine Iris, an meinem Geburtstag wiedergesehen. Trotz allem wurde es ein harmonischer und schöner Nachmittag und ich war mit diesem ganzen Jahr sehr zufrieden und wünschte mir, dass es so bleiben solle.

Ein weiterer Zufall, der keiner ist: ein Schmetterling

Am 16. Juli kam meine Schwester Christel mit ihrem Hund aus Berlin. Es war mein freier Tag. Ich freute mich über die beiden, weil es auch durch Haggard wieder genug Abwechslung gab. Schon unmittelbar nach dem Tod von Iris hatte der Hund mir geholfen, besser über den Verlust meiner

Tochter und den meiner Mutter hinwegzukommen. Ich dachte an das tolle Erlebnis mit ihm, als er mit mir im Regen spazieren ging, und mich zu einem ganz anderen Weg führte, den ich nicht gehen wollte. Mit ihm hatte ich meinen schönen Schal mit der Aufschrift *For ever yours* gefunden. Sie erinnern sich?

Es war ein sehr warmer Tag. Christel war müde und angespannt von der langen Fahrt. Sie wollte sich etwas ausruhen und ich nutzte diese Zeit, um mit Haggard eine große Runde zu laufen.

Unser Weg führte uns, wie immer, über die Weinberge. Der kleine Kerl hatte enorme Power und brauchte viel Auslauf. Wir kamen zum Hechtsheimer Friedhof, den ich seit einem Jahr häufig aufsuchte. Hier musste ich meine Trauer nicht verbergen, hier fühlte ich mich geborgen und war in Gedanken meiner Tochter und Mutter sehr nahe. Beim Anblick einer Feder dachte ich immer wieder an die Worte meiner Mutter: „leicht wie eine Feder“ zu sein.

Je mehr wir uns dem kleinen Friedhof näherten, desto ruhiger wurde Haggard. Ein Verhalten, dass ich von ihm noch nicht kannte. Er lief ganz langsam und schaute mich heute ganz anders an. Tiere haben ja einen besonderen Instinkt und spüren sofort, wenn etwas Besonderes in der Luft liegt.
Vor dem Friedhofstor, das fast immer offensteht, liegen zwei längliche, größere graue Steine. Am Ende des einen Steins saß ein wunderschöner Schmetterling, den ich mir anschauen wollte.

Das Gefühl einer unglaublichen Nähe zu meiner Iris schoss mir durch den Körper und brachte mich zum Weinen. Ich konnte mir diesen so großen Gefühlsausbruch nicht

erklären. Mit zittriger und leiser Stimme fragte ich also diesen Schmetterling, ob ich mich zu ihm setzen dürfe. Ich wünschte mir, dass er sitzen blieb und dass ich diesen Augenblick solange wie möglich mit ihm genießen durfte. Ich hörte mich mit diesem Schmetterling leise reden und nannte ihn spontan Iris. Vorsichtig streckte ich meine Hand nach ihm aus, bis ich ihn sogar berühren konnte. Es schien ihm zu

gefallen, und er wagte sich auf meine Hand. Noch etwas unsicher klappte er seine Flügel wieder etwas dichter zusammen, und auf meine Bitte, ihn an mein Herz halten zu wollen, blieb er ruhig sitzen, als verstehe er jedes Wort von mir. Ich redete mit ihm, als wäre es meine leibliche Tochter. Ganz weit breitete er jetzt beide Flügel aus und zeigte mir sein farbenfrohes Kleid. Ich lobte seine Schönheit und fragte ihn, ob „sie“ glücklich sei. Blitzschnell flog er von meiner Hand über unsere Köpfe, wo ein zweiter, gleich aussehender Schmetterling sich zu ihm gesellte. Beide tanzten, als wollten sie uns sagen: „Ja, wir sind glücklich!“

Zwei vergleichbare Erlebnisse: Ich musste an ein Ereignis im Haus des Professors denken. Dort hatte ich vor drei Jahren mein erstes Erlebnis mit einem Schmetterling, der auch nicht von meiner Hand wollte.

Wie gern hätte ich jetzt dieses schöne Schauspiel mit meiner Schwester oder mit Freundinnen geteilt: Mit ihnen konnte ich über alles reden, auch über Dinge, die für andere nicht glaubhaft klingen.

Etwas Unglaubliches passierte

Ohne dass ich etwas dazu tat, trennten sich die beiden Schmetterlinge noch über meinem Kopf und mein „Iris-Schmetterling“ flog auf meine ausgestreckte Hand zurück. Ich kann wohl niemandem beschreiben, was ich erlebt, gefühlt und gedacht habe. Und ich werde die Szene niemals vergessen. Ein Schmetterling, der es versteht, mich von meiner Traurigkeit abzulenken. Ich konnte nicht fassen, dass es wieder zwei gleiche Schmetterlinge der Art „Admiral“ waren. Ich machte mir meine eigenen Gedanken. Vielleicht zwei Mal Iris? So unwahrscheinlich es auch klingen mag, es gab hier Parallelen zu den Ereignissen in Mombach auf der anonymen Wiese. Man könnte behaupten, dass ich mir etwas einbilde. War wirklich alles nur ein Zufall? Lag es an meinen blonden Haaren oder meinem Parfüm, dass die Schmetterlinge mir gegenüber so zutraulich waren? Ich hätte als Außenstehender vielleicht das Gleiche gedacht, doch nach allem, was ich erlebt hatte, glaubte ich an keine Zufälle mehr.

Es war spät und es fiel mir schwer, mich von dem Schmetterling zu verabschieden. Wie schade, dachte ich, bestimmt war das heute nur ein einmaliges Erlebnis. Leider hatte ich keinen Fotoapparat dabei, und wer würde mir diese Begegnung glauben? Mein Schwiegervater Rudolf sagte immer zu uns: „Fotografiert es mit den Augen." Wie recht er hatte, sollte ich erst viel später erfahren. Natürlich gab es Menschen, die auf dem Friedhof ein- und ausgingen, aber wen hätte es interessiert? In diesem Moment jedoch war ich glücklich, dass ich nicht gestört worden bin.

Gelöst und voll von glücklichen Erlebnissen, lief ich mit Haggard nach Hause. Es war schon nach acht Uhr und Hunger hatten wir auch beide. Mir ist es schon lange nicht mehr so gut gegangen, und die Trauer um meine Lieben tat jetzt nicht mehr ganz so weh. Heute waren sie mir so nah wie nie, und ich war voller Hoffnung, dass es Ihnen gut geht. Ich kann dieses „Erlebnis mit einem Schmetterling" niemandem beschreiben, aber ich werde es zu Hause meinen Kindern erzählen, und ganz bestimmt auch meinem Chef, der mir gern zuhört. Meine Schwester ist immer zufrieden, wenn es mir gut geht, wenn ich mich über diese kleinen Dinge freuen konnte. Lange lag ich noch wach im Bett und malte mir aus, wie schön es wäre, meinen Schmetterling wiederzusehen. Na ja, das wäre schon sehr unwahrscheinlich, aber ich wünschte es mir von Herzen und bat meine Engel, mir diesen Wunsch zu erfüllen. Dieser Tag im Juli 2014 wird mir immer in Erinnerung bleiben!

Am nächsten Morgen weckte Haggard uns wie immer und wollte spazieren gehen. Ich war froh darüber, denn ein kleiner Frühsport vor der Arbeit tat mir sehr gut. Ich musste die Neuigkeiten sofort meinem Chef erzählen! Er hatte mir bisher schon sehr viel geglaubt, doch was würde er jetzt zu diesem neuen Erlebnis mit dem Schmetterling sagen? Zu meinem Erstaunen fand er die Geschichte interessant, nur etwas ungewöhnlich.

Schmetterlinge sind eigentlich sehr scheu und schwer zu fangen, und zutraulich sind sie schon gar nicht. Die Gedanken und meine Gefühle zu einem Schmetterling waren schon sehr seltsam.

Mein Buch

Noch am gleichen Tag schrieb ich alles in meinen Kalender, in den ich auch schon vorher meine ungewöhnlichen Begegnungen notiert hatte. Ich wollte schon vor vielen Jahren einmal ein Buch schreiben, doch es fehlte immer der Anstoß für das Besondere. Meinen Glauben daran habe ich bis heute nicht aufgegeben. Mein Mann wusste davon und war bereit, mich in allem zu unterstützen.

Vor drei Jahren machte ich in Süditalien den ersten Schritt dazu. Es war ein Urlaub, geprägt von unheimlicher Ruhe und Stille, wie ich sie zuvor nie erlebt hatte. Hier, in Kalabrien bei Tropea mit Blick auf den Stromboli, war ich frei von Telefonaten, Besuchern sowie lästigen und lauten Touristen. Hier konnten mein Mann und ich so richtig loslassen und faulenzen. Wir bewohnten eine wunderschöne Terrassenwohnung mit Blick auf das Meer. Eine Leiter führte direkt auf den Strand und man glaubte, hier wäre die Welt zu Ende. Alles war friedlich und romantisch, selbst die Sonnenuntergänge verzauberten uns jeden Tag aufs Neue. Ich konnte meinen Stiefsohn Rainer verstehen. Von ihm bekamen wir den Hinweis, in dieser Ferienwohnung Urlaub zu machen, zumal er hier drei Jahre zuvor seiner Frau beim Sonnenuntergang einen Heiratsantrag gemacht hatte.

Drei Jahre sind seitdem vergangen, nur reichten meine Erlebnisse immer noch nicht aus, um weiterzuschreiben.

Tagebuch: Fortsetzung

Es war Mitte Juli und es war wieder ein heißer Tag. In der Abendkühle drehte ich eine Runde mit dem Hund. Nach einem ausführlichen Spaziergang zog es uns ganz dringend zu dem kleinen Friedhof. Was würde uns dieser Abend bringen? Je mehr wir uns dem Friedhof näherten, desto mehr überkam mich das gleiche Gefühl wie vor Kurzem. Berührt von einer angenehmen Gänsehaut freute ich mich, dass mein Schmetterling an der gleichen Stelle auf mich wartete. Heute hatte ich einen Fotoapparat bei mir, ich wollte doch versuchen, dieses unglaubliche Erlebnis festzuhalten. Meine Gebete zu meinen Engeln haben geholfen, ich war dankbar: Der Admiral war wieder da! Inzwischen hatte ich nachgeschaut und festgestellt, dass es sich bei meinem Schmetterling um die Art „Admiral“ handelt.

Ein paar Freudentränen kullerten über meine Wangen und wieder wurde Haggard sehr ruhig an meiner Seite. Irgendwie konnte ich mir dieses Zusammentreffen mit dem gleichen Schmetterling kaum erklären. Ganz leise sprach ich wieder mit ihm und konnte mich wie selbstverständlich neben ihn setzen, ohne dass er Anstalten machte davonzufliegen. Das Gefühl, meine Iris zu spüren, ließ mich nicht los. Gern hätte ich meine Freude mit irgendjemanden geteilt.

Um diese Zeit kamen noch viele Leute zum Friedhof, und zufällig auch Hannelore, meine frühere Kollegin, die in der Nähe wohnte. Welch Freude, gerade noch wünschte ich mir mit jemanden reden zu können, und nun stand sie plötzlich vor mir. Einige Jahre hatten wir uns nicht mehr gesehen gehabt, weshalb die Freude über diese Begegnung groß war. Ich konnte mich noch sehr gut daran erinnern, als ihr Sohn vor vielen Jahren jung verstorben war. In aller Kürze erzählte ich ihr meine Geschichte, auch über den Verlust meiner Tochter und meiner Mutter. Wie gut, dass wir uns ausgerechnet hier an diesem Ort treffen sollten. Sie erlebte als Erste, wie sich der Schmetterling um mich herumbewegte und ständig an mir hing. Wie schön, endlich hatte ich einen Zeugen, hier würden wir uns bestimmt jetzt häufiger treffen. Zufall? Meine Erlebnisse fand sie sehr schön, und sie versprach mir, ab und zu auf den Schmetterling zu achten.

Es tat mir gut, noch ein paar Schritte mit Haggard zu gehen, bevor wir zum Abendbrot nach Hause mussten. Doch irgendetwas hielt mich zurück. Mein Schmetterling, der Admiral „Iris“, blieb in unserer Nähe und schwirrte um uns herum. Ich wollte aufpassen, wohin er fliegt. Wir folgten ihm bis auf den Friedhof. Sofort fiel mir auf, dass gleich am Eingang, auf der linken Seite, ein Stein mit der Nr. 17 stand. Die 17 war das Geburtsdatum meiner Tochter Iris. Rechts des Weges stand ein Stein mit der Nr. 18, dem Tag, an dem meine Mutter verstarb.

Wieder eine Parallele: Die gleichen Steine mit den gleichen Zahlen stehen in Mainz-Mombach vor der anonymen Wiese.

Wir begleiteten meinen Schmetterling bis zum Ende des Weges und merkten, dass er sich vor einem weißen Grabstein am Boden niederließ. Er nutzte die warmen Sonnenstrahlen aus, um sich zu erholen, dachte ich. Mich blendete die Sonne, deshalb konnte ich nicht gleich erkennen, was auf diesem Grabstein stand. Zu dieser Jahreszeit waren die Ruhestätten mit vielen Blumen bepflanzt, sodass ich die Aufschrift dieses Steins nicht lesen konnte. Mir war es viel wichtiger, neue und schöne Fotos vom Schmetterling zu machen. Er flog auf und wir folgten ihm bis zum Ausgang. Hier trafen sich auf gleicher Ebene zwei Admirale. Sie flogen über uns hinweg und tanzten fröhlich über uns im Kreis. Als hätten sie sich nur einen Spaß gemacht, waren sie auch genauso schnell fort.

Am liebsten wäre ich noch viel länger geblieben, doch mein Besuch war jetzt genauso wichtig. Morgen, morgen wollte ich es noch einmal wissen, ob sich dieses Erlebnis wiederholen würde. Zu Hause zeigte ich die Fotos meiner Schwester Christel, die sie sich mit Interesse ansah.

Auch mein Sohn Helge, meine Schwiegertochter Tanja und meine Enkel Lars und Leon hatten ein offenes Ohr für meine Geschichten. Seit meinen Berichten achteten sie auf Schmetterlinge und hatten Freude daran, wenn ich aus diesem Grund glücklich war. Meine Tochter Sabine hatte zwar Interesse für meine Erlebnisse, doch war sie skeptisch. Ähnlich dachte auch mein Mann. Er war nicht so leicht zu überzeugen, und meinte, es müsse für alles eine naturwissenschaftliche Erklärung geben. Ja, ja, dachte ich und freute mich, ihm nach der Rückkehr von seiner Segeltörn meine neueste Geschichte erzählen zu können.

Meine Schwester erinnerte sich an ein ähnliches Erlebnis nach dem Tod unseres Vaters Anton Baum. Sie erzählte mir, dass es auch ein Admiral war, der bis in den zweiten Stock durch das offene Fenster meiner Mutter flog. Von diesem Erlebnis hatte ich bisher nie etwas gehört, aber jetzt war es der richtige Moment und es passte nur zu gut zu meiner Geschichte.

Am nächsten Tag wollte ich, dass mich meine Schwester zum Friedhof begleitete. Ich wünschte mir, dass sich an diesem Tag wieder alles genauso abspielen würde. Wir drehten also erst mit Haggard eine größere Runde über die Felder und erreichten danach den Friedhof. Kaum, dass wir uns den beiden Steinen näherten, entdeckte ich meinen Schmetterling bereits aus der Ferne. Er saß auf der gleichen Stelle wie immer. Ich war so froh, dass meine Schwester das auch

sehen konnte. Er kam auf mich zu, als freute er sich, auch meine Schwester und Haggard zu sehen. Diese Begrüßung war schon etwas Besonderes. Und wieder flog er vor den weißen Grabstein und setzte sich dort, als wollte er uns etwas zeigen: Jetzt erst entdeckten wir, was auf diesem Grabstein stand. Ganz dick in schwarzer Schrift stand dort: *Rudolf Baum*. Wie gut, dass meine Schwester dabei war. So konnte sie sich in meine Lage versetzen. „Baum" war schließlich unser Mädchenname, und „Rudolf" war der Name meines Schwiegervaters, den meine Iris auch gekannt und sehr gern gehabt hatte. Wie gesagt, an Zufälle hatte ich lange nicht mehr geglaubt, aber dem Admiral war es gelungen, uns etwas zu zeigen, was nur für unsere Augen bestimmt war.

Warum setzte sich dieser Schmetterling zum zweiten Mal gerade vor diesen Grabstein? Er flog wieder nur bis zum Ende des Weges, kein Stückchen weiter. Ich machte mir meine eigenen Gedanken, die ich zu Hause in meinem Tagebuch festhalten wollte. Wir gingen den Weg zurück durch das Tor und wurden abermals vom Admiral Iris begleitet. Plötzlich tauchte auch Hannelore wieder auf. Ich stellte ihr kurz meine Schwester vor, die sich jedoch gleich verabschiedete. Ihr war das alles zu viel. Ich spürte, dass sie die Trauer um unsere Mutter und meine Iris noch sehr bewegte. Trotzdem gönnte sie mir diese Augenblicke, die mich von allem ablenkte und auf andere Gedanken brachten. Außerdem ist sie immer froh, wenn es mir, ihrer „kleinen Schwester“, gut geht.

Auf dem Heimweg wurde sie von zwei Männern angesprochen, die mit ihren Fahrrädern unterwegs waren. Sie baten um eine Auskunft, die meine Schwester ihnen leider nicht geben konnte. Dafür schickte sie sie mit den Worten: „Meine Schwester steht da oben am Friedhof und spricht mit einem Schmetterling“, zu mir, was ich schon recht witzig fand. Was auch immer diese beiden Männer in diesem Moment dachten, war ihr egal. Jedenfalls standen sie kurz danach vor mir und konnten das Schauspiel mit eigenen Augen beobachten. Hannelore war ebenfalls noch da. Selbst sie fand keine Worte für das Verhalten dieses Schmetterlings, der mich ein Stück auf dem Heimweg begleiten wollte und stets vor dem Eingang auf dem Stein saß, als wollte er auf mich warten. Er machte auch keine Anstalten, sich von mir zu trennen. So flog er auf meinen Kopf, verweilte dort und kam ohne Scheu zurück auf meine Hand. Beide Männer näherten sich und konnten sich davon überzeugen, dass ich tatsächlich mit dem Schmetterling sprach. Angetan von diesem Erlebnis, machten sie mit meinem Handy ein paar schöne Fotos von uns und fuhren weiter.

Hannelore hatte jetzt Spaß daran, dieses Treiben des Admirals und von mir zu beobachten. Wieder war es ein ganz besonderer Tag für mich, und am meisten freute ich mich darüber, dass es jetzt jemand aus meiner Familie war, der dieses Erlebnis mit mir geteilt hat.

An einem Wochenende hatte ich dann etwas Zeit und nutzte diese, um mehr über Schmetterlinge zu erfahren. Über jede Art gab es im Internet reichlich Informationen, nur über den Admiral waren es recht wenige. Und alles, was ich fand, befriedigte mich nicht sehr. Ich beschloss weiter zu forschen, denn irgendwo musste es ja die gesuchten Informationen geben!

Am folgenden Montag war ich wieder bei meinem Chef und hatte viele Neuigkeiten für ihn. Er war wie immer an allem, was ich erlebt hatte, sehr interessiert. Überhaupt ist er mein vertrauter Ansprechpartner. Ich bin so froh, dass ich in diesem Haushalt noch arbeiten und mich an all die schönen Zeiten und Stunden mit ihm erfreuen kann. Hoffentlich noch recht lange, denn der Professor hat schon ein sehr stolzes Alter. Seine Ideen, die er auch stets in Taten umsetzt, sind grenzenlos.

Ende Juli wurden die Koffer meiner Schwester gepackt. Sie zog es vor, noch vor dem Jähren des Todestages meiner Iris zurück nach Berlin zu fahren. Naturgemäß sah sie diese Situationen etwas nüchterner als ich. Sie war nie der Typ, der auf Friedhöfe ging, wenn es nicht sein musste. Wenn sie in Berlin den Bus nahm, fuhr sie oft am Hauptfriedhof vorbei, wo unsere Eltern liegen. Es reichte ihr, ihren Lieben aus der Ferne zu winken.

Am Todestag von Iris musste ich ich an meine älteste Freundin Ilse denken, die ja an diesem Tag Geburtstag hat. Anschließend fuhr ich dann zur Grabstätte von Iris.

Es war ein schöner, warmer Tag. Ich schaute zum Kirschbaum hinauf und weiter den Stamm hinunter. Hier hing, Gott sei Dank, immer noch die kleine grüne Plakette mit meinem Geburtsdatum 14.7. Ein Zeichen, dass sie immer an mich denken wird. Niemand außer mir achtete darauf. Wieder tauchen Bilder auf, die mich an diesen wunderschönen Grabschmuck meiner Tochter erinnerten. Der Schmetterling, mit all seinen leuchtenden bunten, orangen, braunen Färbungen mit weißen Tupfen. Ich erinnerte mich an mein Erlebnis mit meinem Admiral Iris. Es überkam mich eher ein Gefühl der Freude als der Trauer. Hier konnte sie nicht mehr sein. Zu stark war sie in meinem Herzen und mit mir verbunden. Deshalb wollte ich dieses Gefühl und die Wiedersehensfreude mit meinem Admiral noch recht lange vor unserem kleinen Friedhof in Hechtsheim erleben.

Unsere Familie hatte sich verändert. Nichts war mehr so wie früher, jeder musste für sich lernen, mit der Trauer umzugehen. Unsere Stimmungen schwankten und es kam oft zu kleinen Missverständnissen, die sich keiner erklären konnte. Ich strahlte eher Ruhe und Gelassenheit aus, was ich meinem Schmetterling zu verdanken habe. Meine Stimmung wirkte sich positiv auf meine Familie aus. Ich liebe meine drei Kinder und Schwiegerkinder, denn jedes Kind hat mir auf seine Art und Weise seine Liebe mit Dankbarkeit bis heute zurückgegeben.

Für meine Tochter Sabine brach zuerst einmal eine Welt zusammen. Sie liebte ihre große Schwester, auch wenn sie sich manchmal gegenseitig genervt hatten. Sie konnte mein

Verhalten nicht verstehen, sie trauerte auf eine andere Art. Ich musste lernen, damit umzugehen, abzuwarten, ob und wie sich die Dinge irgendwann von selbst lösten.

Bei Sabine saß die Trauer über die Tatsache, keine Schwester mehr zu haben, sehr tief. Ich war sehr froh, dass ihre Familie ihr Kraft und Halt geben konnte. Mit ihrem Mann Kai, Tochter Angelina und Sohn Sky hatte sie zum Glück Ablenkung. Auch ihre regelmäßige Arbeit tat ihr gut. Auch ich wusste nur zu gut, dass jede Ablenkung in dieser Situation von Vorteil war.

Mit ihrem Mann entdeckte sie ein gemeinsames Hobby. Ich war völlig überrascht, als die beiden plötzlich eine bis dahin unbekannte Kreativität entfalteten: sie entwarfen und fertigten wunderschöne Modeschmuckstücke, zum Verkauf oder als Geschenk. Vielleicht hat Ihr ja ihre Schwester Iris von „oben" ein Zeichen geschickt, so, wie mir auch, als ich meinem Schmetterling begegnete.

Mein Sohn Helge hatte in jungen Jahren eine sehr gute Beziehung zu seiner Schwester Iris, doch jetzt führte er außerhalb von Mainz sein eigenes Familienleben und suchte sich den Abstand, den er brauchte. So ahnte er am wenigsten von der Krankheit seiner Schwester und weiß bis jetzt eigentlich nicht so recht, wie er sich verhalten soll. Jedoch nimmt er seit unserem Gespräch an Iris' Todestag wieder häufig Kontakt mit uns auf. Seine Gebete und der Glaube an das Gute werden ihn stärken und begleiten.

Am Wochenende war ein traumhaftes Wetter für eine Radtour. Gleich am frühen Morgen starteten mein Mann und ich auf eine längere Fahrt. Als Erstes führte ich ihn zum kleinen Friedhof in Hechtsheim. Ich war neugierig, wie er reagieren würde, wenn er den Schmetterling zu sehen bekäme. Ich hoffte so sehr, dass dieser auch da sein würde.

Kaum fuhren wir durch das Tor, tauchte „mein Admiral“ auf, als hätte er nur darauf gelauert, uns zu empfangen. Wie immer streckte ich meine Hand nach ihm aus, wo er sich niederließ. Endlich konnte sich mein Mann selbst davon überzeugen. Er sah, wie der Admiral von meiner Hand flog und sich auf seine rote Fahrradtasche setzte. Wie selbstverständlich blieb er ohne Scheu darauf sitzen, was ich so noch nie von ihm erlebt hatte. Meine Iris mochte meinen Mann. Im weiteren Verlauf fand ich heraus, dass mein Schmetterling sich nur den Menschen näherte, die ihm sympathisch waren. Auch meine Tochter Iris ließ sich oft deutlich anmerken, wen sie mag oder wen nicht. Aus Freude über das Treffen des „Admiral Iris“ mit meinem Mann machte ich einige Erinnerungsfotos.

Ein Volltreffer, dachte ich; dieses schöne Erlebnis war für mich etwas ganz Besonderes. Ich sagte zu meinen Mann, dass ein „Admiral“ bestens zu meiner Iris passte. Sie war groß, sie liebte alles Bunte, war anhänglich, flatterhaft, mal vergnügt, mal traurig, stets hilfsbereit und selbstbewusst auf ihre Art: ja, das war meine Iris. Nichts entging ihr, sie hatte alles im Blick und wusste immer, wo alles war. Sie war immer die Neugierige, was oft von Vorteil war. Immer, wenn ich etwas verlegt hatte, half sie, es zu finden. Diese ganzen Eigenschaften erkenne ich auch in meinem Admiral.

In der Folgezeit ging ich fast täglich zu dem kleinen Friedhof. Zum Glück hatte ich nachmittags keine größeren Verpflichtungen und konnte mich auf die ungewöhnlichen Abenteuer mit meinem Schmetterling einlassen. Trotzdem war ich mir niemals sicher, ob er heute oder morgen noch da sein würde. Bei jeder Begegnung war ich hin- und hergerissen von seiner wunderbaren Zutraulichkeit und den damit verbundenen Glücksmomenten.

Wenn ich mich bemerkbar machte, indem ich kaum hörbar flüsterte: „Iris, Schmetterling, wo bist du?“, dauerte es nie lange, bis sich sein Schatten vor mir auf dem Boden abzeichnete. Ich freute mich schon jeden Tag darauf, ihn zu sehen.

Eigentlich war es immer der gleiche Weg, auf dem ich ihm folgte. Rechts vorbei am Stein mit der Nummer 18, links

die Nummer 17, danach ein Stückchen weiter geradeaus, dann sonnte er sich hinter einer Kurve vor einem Grabstein, auf dem der Name „Elfriede Schultheiß“ stand. Ich kannte die Verstorbene nicht und konnte auch nichts Ungewöhnliches entdecken. Alles wiederholte sich auch in den nächsten Tagen. Doch ich dachte, dass diese Gleichförmigkeit irgendwann durchbrochen werden würde, und spielte einfach das Spiel meines Admirals Iris mit. Dieses Grab war immer mit schönen Blumen bepflanzt, die ich mit Liebe pflegte. Zudem hoffte ich, auch einmal den Angehörigen von Frau Schultheiß zu begegnen. Außerdem freute ich mich, dass mir jetzt ständig weiße kleine Federn zuflogen, eine Erinnerung an meine Mutter Else. Ganz leise begrüßte ich jedes Mal eine Feder, wenn sie mir zu geflogen kam: „Hallo, Mama!“ Das waren auch die Worte meiner Iris, die mich immer, wenn wir uns trafen oder telefonierten, mit den Worten „Hallo, Mama!“ begrüßte. Die Federn sammelte ich und steckte sie in die Blumenschale des Grabes von Frau Schultheiß.

Ungestört suchte der Schmetterling meine Nähe. Von allen Seiten machte ich Fotos von ihm, er ließ sich sogar streicheln. Ich betrachtete die Farben seiner Flügel und zählte die weißen Tupfen darauf. Ich war mir sehr sicher, dass es immer derselbe Admiral war, dennoch wollte ich weiterhin alles ganz genau beobachten. Zu Hause sah ich mir immer wieder die Fotos an, die ich an unterschiedlichen Tagen gemacht hatte. Nichts deutete darauf hin, dass es sich jeweils um einen anderen Schmetterling gehandelt hat. Es war immer derselbe!

So blieb alles bei dem gleichen Ablauf. Dann jedoch brachte mich mein Admiral Iris dazu, eine Neuentdeckung zu machen: Bisher war er immer an der gleichen Stelle geblieben, eben am Grab von Elfriede Schultheiß. Schlagartig jedoch änderte sich diese Situation und alles wurde sehr geheimnisvoll. Mein Schmetterling lenkte meinen Blick über das Grab von Elfriede Schultheiß hinaus. Er zeigte mir eine Stelle, die ich bisher nie bemerkt hatte. Hier gab es etwas, was mir den Atem verschlug, und was nur meine Tochter Iris und ich wissen konnten. Erschrocken sah ich einen eigentlich unübersehbaren großen, grauen Grabstein. Er war nicht besonders schön, aber er hatte einen gewissen Charme und stand da wie ein Fels in der Brandung. Wieso hatte ich ihn vorher nie gesehen? Mir hatte meine Iris einmal gesagt, ich wäre ihr Fels in der Brandung.

Ich folgte meinem Admiral also aufmerksam bis zu diesem Stein, der auf der anderen Seite des Weges stand. Hier setzte er sich oben auf die Kante und schaute gewissermaßen meiner Verwunderung zu. So, als würde Iris mir freudig zuflüstern: „Hallo Mama, schau her, hier steht mein Name." Eingemeißelt in großer und breiter Schrift stand auf dem Stein ihr Nachname: „Barth." Meine Entdeckung war spannend, ja fast unheimlich. Auch hier wieder ein Erlebnis mit Gänsehaut-Effekt!

Der Admiral verweilte eine ganze Weile auf diesem Stein, bis ich alles fotografiert hatte. Erneut wurde ich in meinen Vorhaben bestärkt, ein Buch zu schreiben. Nun hatte ich endlich eine Kette von besonderen Ereignissen und Erlebnissen, die festgehalten werden mussten! Hier erlebte ich selbst meine eigene Geschichte hautnah, ehrlich und nachweisbar. Später wurden immer mehr Menschen, mit denen ich ins Gespräch kam, meine Zeugen.

Bestimmt hatte das Schicksal noch mehr mit mir vor. Wie ich bereits betont habe, glaubte ich nicht mehr an Zufälle, die für mich schon lange keine mehr waren.

Seit diesem Tag flog mein Admiral Iris den Stein von Elfriede Schultheiß nicht mehr an, wie auch nicht mehr den Stein von Rudolf Baum. Ich schloss aus diesem Verhalten, dass er mir nur so lange etwas gezeigt hat, bis ich begriffen hatte, was er/sie gemeint hatte.

Ralf Barth

Einige Tage später verabredete ich mich mit meinem Schwiegersohn Ralf Barth. Mit ihm konnte ich auch über Dinge reden, die andere als unglaubwürdig einstuften. Ralf war bei diesen emotionalen Gesprächen auf einer Wellenlänge mit mir. Wir hatten schönes Wetter und man damit rechnen, dass sich mein Admiral Iris zeigen würde. Ich war gespannt, wie er auf Ralf reagieren würde. Das erste Trauerjahr meiner Tochter war gerade vorbei, deshalb schien es mir wichtig und angemessen, ihm etwas Außergewöhnliches zu zeigen. Er freute sich auf ein Wiedersehen und auf alles, was ihm heute begegnen sollte.

Da saß der Admiral wieder an der gleichen Stelle vor dem kleinen Friedhofstor. Ich begrüßte ihn. Selbst die Anwesenheit von Ralf störte ihn keineswegs. Im Gegenteil, er wirkte sogar ausgesprochen munter und fröhlich. Ich hätte schwören können, meine Iris freute sich über den Besuch ihres Mannes Ralf. Dieser Anblick war für uns einfach herzzerreißend, vor allem, mit anzusehen, wie viele Emotionen er in uns weckte. Auch Ralf war sichtlich berührt und war hin- und hergerissen. Wir gingen gemeinsam durch das Tor, als wäre es das Normalste, einem Schmetterling in Richtung des Grabstein von „Elfriede Schultheiß“ zu folgen. Hier setzte sich der Schmetterling nun nicht mehr hin, sondern bewegte sich immer vor uns in unserer Nähe. Mit einem Wink zeigte ich Ralf den gegenüberstehenden Grabstein. Groß wie ein Fels ragte er aus der gegenüberliegenden Reihe hervor. Vielleicht war es jetzt einfach erst der richtige Zeitpunkt ihn zu sehen. Ralf fand keine Worte und war sichtlich bewegt, seinen eigenen Namen „Barth“ zu lesen. Es verschlug meinem Schwiegersohn im wahrsten Sinne des Wortes die Sprache. Durch den Schmetterling in Verbindung mit dem Verlust seiner Frau Iris bekam auch er am ganzen Körper Gänsehaut. Beim Verlassen des Friedhofs übersah auch er die Zahlen 17 und 18 nicht. Vielleicht hatte es ihm etwas geholfen, ähnlich wie mir, mit der Trauer anders umzugehen. Ich brachte ihn noch bis zur Bushaltestelle. Bewegt von diesen Eindrücken verabschiedeten wir uns mit einem lachenden und einem weinenden Auge.

„Bis bald mal wieder, tschüss, Ralf!“ Auch wenn wir uns irgendwann nicht mehr sehen sollten, bleiben uns die schönen Erinnerungen an unsere Iris.

Tagebuch: Fortsetzung

Meine Besuche beim Admiral zogen sich bis in den August hinein. Immer mehr konnte ich meine Familie und Freunde mit meinen kleinen Erlebnissen begeistern. Mit meiner daraus hervorgehenden Ausgeglichenheit und Ruhe steckte ich alle an und war überglücklich, meine Freude mit anderen teilen zu können. Auch mein Chef, meine Freundinnen Margot und Ilse wollten weiterhin die neuesten Erlebnisse erfahren. Selbst Margot achtete jetzt mehr auf Schmetterlinge in ihrem Garten. Sie konnte sich so herrlich mit mir freuen und amüsierte sich darüber, dass mein Schmetterling so einzigartig war.

Unsere Enkelin Tamara besuchte uns für ein paar Tage in den Ferien. Mit ihren elf Jahren war sie bereits für alles Schöne und Besondere zu begeistern. Ich wollte sie mit meinem Schmetterlingsereignis überraschen. Am Spätnachmittag war die beste Zeit dafür, sie zu einem Spaziergang über die Weinberge einzuladen. Von hier aus konnte ich mit ihr unbemerkt zum Friedhof gelangen. Damit es auch eine Überraschung blieb, erzählte ich ihr nur, wie schön mein Schmetterling aussah und dass ich ihn „Admiral Iris" nenne. Alles andere könnte ich ihr noch viel später erzählen. Aufgeregt zogen wir beide los und genossen die Zweisamkeit mit netten Gesprächen. Immerhin sollte heute ein ganz besonderer Tag für sie sein.

Auf dem Friedhof kamen wir unserem Ziel immer näher: Was würde uns hinter der Kurve bis zu den grauen Steinen erwarten? Hand in Hand schlichen wir uns heran. Die Atmosphäre war heute anders als sonst. Mein Blick fiel wie immer zuerst auf den Stein, doch irgendetwas war anders. Tamara lauschte, als ich mit meinen geflüsterten Rufen einen Versuch startete, den Admiral anzulocken. An ihrer Mimik und ihrem Verhalten merkte ich, dass sie langsam ungeduldig wurde, und ich munterte sie mit den Worten auf: „Vielleicht haben wir Glück, und der Admiral sitzt heute an einer anderen Stelle." Ich zeigte ihr, wo alles mit diesem Schmetterling begonnen hatte und an welche Stellen er mich geführt hatte. Wir schauten zuerst an die Ruhestätte von Rudolf Baum. Mit meiner Einschätzung, dass sich heute etwas verändert hatte, lag ich vollkommen richtig. Ein kleiner, mir noch unbekannter Schmetterling saß vor dem Stein. Seine Flügel leuchteten in der Sonne so zart wie Pergamentpapier: hellbraun mit weißen Kreisen und einem hellblauen Punkt in der Mitte. Zuerst schenkte ich dieser Begegnung keine Beachtung, aber was mich stutzig machte, war, dass er genauso zutraulich war wie mein Schmetterling Iris.

Endlich hatte meine Tamara einen Grund, fröhlich zu sein. Überrascht erlebten wir hautnah einen ganz anderen Schmetterling. Dieser flog plötzlich hoch über unseren Köpfen in Richtung Ausgang. Ob wir wollten oder nicht, wir mussten ihm folgen.

Ähnlich wie beim Admiral blieben wir aufmerksam. Mir war, als könnte ich die Sprache der Schmetterlinge verstehen oder auch umgekehrt. Ich war schon auf Ungewöhnliches vorbereitet, deshalb war ich gespannt, was uns noch erwarten würde. Bevor er sich dem Tor näherte, kreiste der neue Schmetterling über der Ruhestätte von Elfriede Schultheiß. Merkwürdig war das schon. Es erinnerte mich alles an den Admiral, der mir die gleichen Stellen gezeigt hatte. Dieses Erlebnis schien wirklich spannend zu werden. Tatsächlich erwarteten uns auf dem Stein beim Ausgang noch zwei Schmetterlinge dieser Art.

Sie saßen links und rechts auf dem Stein, die Mitte hatten sie freigelassen, so, als ob sie auf jemanden warteten. Ich forderte Tamara auf, sich vorsichtig dazwischen zu setzten. Normalerweise würden die Schmetterlinge in einem solchen Augenblick sofort wegfliegen, aber was ist bei meinen Erlebnissen schon normal? Es war ein Bild für Götter. Ich kann es nicht beschreiben. Keiner von beiden Schmetterlingen hatte Berührungsängste. Tamara konnte sie sogar leicht berühren.

So etwas erlebt man nicht alle Tage! Diese Erinnerungen musste ich jetzt im Foto festhalten. Eigentlich wollten wir nach Hause gehen, aber meine innere Stimme bewog mich, noch ein Weilchen zu bleiben.

Meine Vorahnung und mein Glaube, dass wir meinen Schmetterling Iris noch sehen würden, ließen mich nicht los. Eine leichte Gänsehaut machte sich bemerkbar, ein Gefühl, das ich gut kannte. Es kam so, wie ich dachte: In diesen Moment flog mein Admiral direkt über mir und landete dicht neben Tamara. Noch blieben diese zwei anderen Schmetterlinge solange sitzen, bis sich die Wiedersehensfreude mit meinem Admiral gelegt hatte. Was für ein Schauspiel, was für ein Märchen, könnte man jetzt sagen. So etwas Verrücktes hatte selbst ich noch nie gesehen. Man steht da, schaut zu und ist einfach nur sprachlos und glücklich.

Als hätten sie sich abgesprochen, verließen uns die beiden kleineren Schmetterlinge. Sie waren uns anscheinend nur als Vorboten geschickt worden, um uns aufzuhalten, damit wir nicht gingen, bevor der Admiral käme. Was für ein wundervolles Zeichen meiner Iris.

Eines wusste ich ganz genau: Meine Tamara würde ihrem Papa und ihrem Opa Jürgen viel zu erzählen haben …

Obwohl ich mit all diesen Geschehnissen sehr beschäftigt war, freute ich mich auf den gemeinsamen Urlaub mit meinem Mann. Er war sehr froh über diese Auszeit für mich. So würde ich endlich einmal auf andere Gedanken kommen.

Am 18. August, es war genau ein Jahr nach dem Todestag meiner Mutter, fuhren wir mit guten Freunden nach Berlin. Hier wollten wir mit unseren Fahrrädern den sogenannten Mauerradweg befahren und auch Berlin-Mitte erkunden. So kamen wir auch am Friedhof in Spandau vorbei und nutzten dies, meiner Mutter Else ein paar Blümchen an ihr kleines Urnengrab zu legen. Neben dem Grab stand immer noch diese große Kiefer, die hoch zum Himmel ragte, auf dem hellblaue Wölkchen zu sehen waren.

Diese Woche verging viel zu schnell. Wir hatten viel erlebt und konnten uns an jedem Abend bei einem schönen Essen über unsere Tagestouren austauschen.

Von Berlin aus fuhren wir nach Laboe und verbrachten dort noch eine Woche Strandurlaub. Für uns ist Laboe zu einer zweiten Heimat geworden. Uns gefallen die Menschen mit ihrem norddeutschen Charme, die gute Luft und die vielen leckeren Fischspezialitäten.

Je mehr sich unser Urlaub dem Ende neigte, kam auch die Sehnsucht nach meinem Schmetterling zurück. Wäre es möglich, dass mein Admiral noch an der gleichen Stelle sitzen würde? Ob er überhaupt noch da sei? Ich freute mich auf unser Zuhause, die Familie und alles was ich gern habe und vermisste.

In der ersten Septemberwoche war es mir sehr recht, dass mein Chef einige Zeit auf Reisen ging. Mich erstaunte immer wieder, wie rüstig und reiselustig er für sein Alter war. Mit seinem langjährigen Freund und Reisebegleiter ging er wieder einmal auf große Fahrt.

Meine Hoffnung, gemeinsam mit Margot den Admiral zu sehen, hatte ich noch nicht aufgegeben. An einem warmen Septembertag war das richtige Wetter. Wir hatten uns wie immer viel zu erzählen und machten uns freudig auf den Weg. Allerdings kam es auch dieses Mal nicht zu einer Begegnung mit meinem Admiral Iris. Ich versuchte alles, er war aber nicht zu sehen. Irgendwas war anders und auch mein „Gänsehautgefühl“ blieb aus. Vielleicht war die Zeit der Schmetterlinge doch schon vorbei, was zu dieser Jahreszeit auch kein Wunder gewesen wäre. Wir konnten unsere Enttäuschung nicht verbergen. Trotzdem war ich froh, dass Margot meine Geschichte ein wenig näher bringen konnte. Sie sagte noch: „Vielleicht konnte Iris mich nicht leiden?“

Ich begleitete Margot noch bis zur Bushaltestelle und winkte ihr fröhlich zu. Vielleicht waren wir nun wirklich am Ende einer schönen Geschichte angelangt, die ich in meinem Tagebuch festhalten wollte.

Auf dem Heimweg lag unter einer Laterne etwas am Boden, das mir entgegenblinkte. Ich vermutete einen Kronkorken und ging weiter. Doch nach ein paar Schritten zog mich irgendetwas zurück: Vor mir lag ein aus Leder gefertigtes, kleines Modell eines bunten Schmetterlings. Seine Farben

waren so schön wie die meines Admirals. Der Rumpf schimmerte dunkelbraun und die Flügel leuchteten rot. Statt weißer Tupfen hatte er Silbernieten in seinen Flügeln. Mir schien, als hätte ihn mir meine Tochter Iris gerade hingelegt. Eine ähnliche Situation hatte ich ja bereits mit meinem Schal erlebt.

Es war ein faszinierender Anblick: warum gerade ein Schmetterling? Ich sah, dass dieses Lederstück irgendwo abgerissen worden war, und trug es seitdem fast immer bei mir. Vielleicht spielte dieser Leder-Schmetterling bald eine wichtige Rolle in meiner Geschichte, denn er hatte Ähnlichkeit mit dem Blumengesteck, das wir zur Trauerfeier meiner Tochter hatten anfertigen lassen.

Ich hatte nun schon so viele dieser Geschichten erlebt, dass ich damit immer besser umgehen lernte. Einige meiner Freunde und Bekannten hatten mir geraten, ich solle nicht zu viel in diese Dinge hineininterpretieren. So auch die Frau meines früheren Chefs. Sie lief mir eines Tages über den Weg und sah, wie der Schmetterling um mich herumtanzte. Ich versuchte ihr in aller Kürze meine Geschichte zu erzählen, merkte aber schnell, dass Sie hierfür nicht die richtige Ansprechperson war. Sie hatte schon einmal versucht. Mich zu beraten. Diesem Rat bin ich aber zum Glück nicht gefolgt.

Meine Entscheidungen treffe ich lieber selbst und damit bin ich immer gut gefahren.

Jedes meiner Fotos und meine Glücksmomente vertraute ich auch weiterhin meinem Tagebuch an. Leider wusste ich immer noch nicht genau, wie lange diese Art Schmetterling eigentlich leben würde. Ich dachte nur an die schöne Zeit mit ihm, und was er mir alles gezeigt und gegeben hat. Durch ihn habe ich meine schwerste Trauerzeit überwunden, worüber ich sehr glücklich und wofür ich sehr dankbar bin.

Der Professor hatte von seinem Sohn Ralf eine wunderschöne Holzbank anfertigen lassen. Diese hat er dem Mombacher Friedhof für die anonyme Wiese gestiftet. Auch er wollte als Spender anonym bleiben, so wie die Gräber auf dieser schönen Wiese. Hier, wo auch seine Frau Iris und meine Tochter Iris an gegenüberliegenden Stellen eine Baumbestattung bekamen. Gern sitze ich bei schönem Wet-

ter auf dieser Bank und kann von dort aus die ganze Wiese überblicken. Wie schade, dass sich die beiden nicht gekannt haben! In der Mitte dieser Bank wurde aus Kupfer eine Gedenktafel angebracht: *Den Lebenden, ein Platz und Ort für Entspannung, Besinnung und Gedenken.*

Ich bedanke mich bei Professor Kanis, den ich hier ausnahmsweise mit Namen nennen darf, um allen mitteilen zu können, wer der Stifter dieses wunderbaren Geschenkes ist. Danke!

Selten, aber regelmäßig fährt mein Chef noch selbst zu diesem Friedhof. Er ist geistig und körperlich jung geblieben, was mich sehr glücklich macht. Bis auf ein paar Kleinigkeiten machte er noch alles selbst. Wie schön, dass wir uns ab und in Gesprächen austauschen können.

Rückblick

Unsere Tochter Iris wurde in Berlin Spandau im Waldkrankenhaus am 17. August 1963 geboren. Wir hatten zwei weitere Familienmitglieder, die am gleichen Tag Geburtstag hatten: Iris' Vater Arno und ihre Urgroßmutter Leokardia Sommerfeld. Sie alle feierten damals diesen Tag, zusammen mit allen Gästen, die noch von der Hochzeit meiner Schwester Christel und meinem Schwager Udo am Vortag anwesend waren. Ich war gerade 17 Jahre jung – welch ein Fest!

Nach fast dreißigjähriger Ehe trennten sich später unsere Wege. Wir lernten neue Partner kennen und es wurden im Jahr 1995 gleich drei neue Ehen geschlossen: Mein ehemaliger Ehemann, mein Sohn Helge und ich heirateten fast zur gleichen Zeit. Dieses Ereignis mussten wir in die Zeitung bringen. War das nicht „witzig“? Alle drei Ehen sind noch intakt, worauf wir sehr stolz sind. Drei Geburtstage und drei Hochzeiten in einer Familie, und das am gleichen Tag! Zufälle, die keine sind!

Fortsetzung: Tagebuch

In diesem Herbst zog es mich wieder einmal zum kleinen Friedhof. Meine Erwartungen, auch noch zu dieser Jahreszeit meinen Admiral zu sehen, wurden mehr als erfüllt: Er bot mir ein Wiedersehen, als hätte er nur darauf gewartet, dass ich heute kommen würde. Freudentränen schossen mir in die Augen. Und ich merkte, dass ich mir bisher noch nicht im Klaren darüber geworden war, wie es ohne ihn mit mir weitergehen sollte? Ich wollte jede Minute mit meinem

Admiral Iris auskosten. Schließlich sagt man dieser Art Schmetterling nur ein halbes Jahr Lebenszeit voraus.

Als ich meine Hände nach ihm ausstreckte, bewegte er sich ganz zahm und liebevoll. Ganz ruhig begab ich mich zum Stein. Nichts konnte ihn erschüttern. Er saß ruhig da, nur seine Flügel bewegten sich etwas, blieben aber leicht geschlossen. Ganz sachte pustete ich ihn an, was ihm offensichtlich sehr gefiel.

In seiner ganzen Pracht faltete er seine wunderschönen, farbigen Flügel auseinander und ich erkannte ihn an seinen besonderen weißen Tupfen. Er drehte sich zu mir, und ich hatte den Eindruck, als ob er lauschte und jedes Wort verstehen würde. Erneut war mir dieser Schmetterling ein großes Rätsel. Ich erzählte meiner Iris, dass es ihrem Vater nach einer Operation wieder gut ginge und er bald wieder nach Hause käme. Wie ausgewechselt wurde er plötzlich ganz munter. Wieder tanzte er mit zwei anderen Schmetterlingen über meinem Kopf. Eine Vorstellung, die sich in diesen beiden Jahren oft wiederholte. Immer wenn meine Iris glücklich war, gab sie mir offensichtlich dieses Zeichen.

Lautes Autogeräusch beendete die Ruhe abrupt und mir blieb nur noch Zeit, mich umzuschauen und meinen drei

Admiralen nachzuwinken. Ein zu schneller Abschied, aber es war erneut eine erfahrungsreiche und beeindruckende Geschichte, die ich als Kostbarkeit mit in mein Tagebuch aufgenommen habe.

Wo alles begann

Es war kurz vor dem dreiundneunzigsten Geburtstag meines Chefs. Wenn seine Kinder und Enkel zu Besuch kamen, war das immer etwas Besonderes. Ich wollte noch einiges für das Fest vorbereiten. Das Haus war groß, hier hatten alle genügend Platz. Ich freute mich jedes Mal, wenn sie anreisten, konnte sie mit Kleinigkeiten verwöhnen und überraschen. Da ich ja selbst Oma von fünf Enkelkindern war, fiel es mir nicht so schwer, auch für sie in diese Rolle zu schlüpfen. Laut Internet sollte das Wetter in der Woche um den 5. Oktober sehr schön werden. Am Tag der Deutschen Einheit schaute ich bei meinem Chef nochmals nach dem Rechten.

Auf dem Weg nach Hause passierte vor der Haustüre etwas, das mich aufschreckte. Mich überkam plötzlich wieder dieses Gänsehautgefühl, das ich von den Begegnungen mit meinem Schmetterling Iris kannte. Ich wusste nur zu gut, was es bedeutete und suchte nach einer Erklärung. Unglaubliches passierte: Zu meinen Füßen saß ein wunderschöner großer Admiral. Ruhig, fast zutraulich, als kannten wir uns bereits, blieb er vor mir sitzen. Ich dachte sofort an Iris, die Ehefrau des Professors: Hier war ihr Zuhause und hier hatte ich bis heute nie das Gefühl verloren, dass sie in meiner Nähe wäre. Ja, hier wohnte auch eine Iris und ein Admiral zeigte sich kurz vor dem Geburtstag ihres Mannes.

Es kamen alle Erinnerungen zurück: gleicher Friedhof in Mombach, gleiche anonyme Wiese mit Baumbestattung, gleiche Urne von ihrem Sohn Ralf und der gleiche Vorname. Dann, im Friedhof Hechtsheim zeigen sich stets zwei, höchstens drei Admirale. Wer sie auch immer waren, für mich waren es drei liebenswerte Menschen, die ich in den Schmetterlingen wiedererkannte:

Iris – Else – Iris

Ich erzählte dem Professor von diesem Vorfall. Nur zu gut konnte er mich verstehen, da ich ihm bisher alle meine Geschichten erzählt hatte. Er war sehr erfreut über diese neue Botschaft. Wie schade, dass ich keinen Fotoapparat dabei hatte. Wer konnte denn auch so etwas ahnen! Ich schwor mir, ab jetzt immer einen Apparat oder mein Handy dabei zu haben. Vielleicht bildete ich mir zu viel ein, aber ich blieb meinem Wunschdenken treu, dass Träume in Erfüllung gehen. Ich wollte auch einfach daran glauben.

93. Geburtstag

Heute war sein Geburtstag, und ich durfte meinen Fotoapparat nicht vergessen. Ich wollte an alles denken und hatte für den Nachmittag alles sehr gut vorbereitet. Vor seinem Mittagsschlaf schaute ich nochmals zu ihm rein, um ihm zu gratulieren. Mit einem breiten Lächeln und Glanz in seinen blauen Augen begrüßte er mich. Erstaunlich, wie gut er noch aussieht, dachte ich. Man sah ihm sein Alter einfach nicht an. Zur Übernachtung hatten sich keine Gäste angemeldet, also brauchte ich nichts, als die frischen Blumen in eine passende Vase zu stellen. Vor dem Bild seiner Frau Iris fand ich einen geeigneten Platz für diese. Schließlich gehörte sie dazu und an die Seite ihres Mannes.

Wir erzählten über das gestrige Erlebnis und spaßten nochmals über die Ähnlichkeiten der Ereignisse mit dem Admiral der beiden Iris. In der Hoffnung, den Admiral doch noch einmal zu sehen, schaute ich neugierig um die Ecke hinter dem Haus. Es schien, als wäre es wirklich nur ein Wunschtraum gewesen. Aber ich hatte Zeit und machte den Versuch, wie bei meiner Tochter. „Iris, Schmetterling", flüsterte ich etwas lauter. Meine Ausdauer und meine Geduld wurden tatsächlich belohnt: Er war wirklich wieder da. Ich stieß eine Freudenschrei aus, als ich ihn neben mir auf einer Hecke sitzen sah. Bitte, bitte, betete ich, bleibe nur noch einen Moment hier sitzen, damit ich meinem Professor das schönste Geburtstagsgeschenk machen konnte: ein Foto.

Es war einfach toll: Als ahnte er, was ich bezwecken wollte, ließ er mich in aller Ruhe ein paar wundervolle Bilder schießen. Es war eine so tolle Nahaufnahme, wie ich sie selten von einem Schmetterling gemacht hatte. Seine Fühler sahen wie aneinandergereihte Perlenketten aus. Schnell bat ich meinen Professor nach draußen. Trotz seiner Gehbehinderung tat er sein Bestes. Gott sei Dank saß der Schmetterling noch auf der gleichen Stelle in der Hecke. Der Professor hatte seine helle Freude daran, endlich diesen Admiral zu sehen, von dem ich ihm solange erzählt hatte. Was für ein tolles Geburtstagsgeschenk von seiner Frau Iris, dem Admiral, und was für eine Geschichte! Hier, wo alles begann! Ich war sehr stolz, dass ich ihm das endlich zeigen konnte, und war noch dankbarer, dass mein Wunsch in Erfüllung gegangen war. Der Stoff für meine unglaubliche Geschichte wurde immer mehr. Und die Geschichte war noch lange nicht zu Ende.

Tagebuch: Fortsetzung

Meine Freundin Gerhild war dienstlich immer sehr viel unterwegs und wir freuten uns immer sehr, wenn wir uns zu einer Tasse Kaffee zusammensetzen konnte. Manchmal, wenn ich mal nicht zur Stelle war, vertrat sie mich gern bei meinem Professor und bemühte sich, ihn ebenfalls zu verwöhnen.

Für eine ganze Weile hatten wir uns aus den Augen verloren. Mit ihr hatte ich in diesem Jahr viel Freud und Leid geteilt und sie hat mir sehr über den Verlust meiner Tochter hinweggeholfen. Danke liebe Gerhild, für alles. Ich vermisse dich.

Die Adventszeit und die Weihnachtszeit verbrachten meine Familie und ich zu Hause. Auch in der Kartaus ging alles seinen gewohnten Gang: Wie in jedem Jahr, hatte ich den Weihnachtsbaum vorbereitet, gebacken und die Wohnung weihnachtlich geschmückt.

Das Jahr 2015

Nach den Feiertagen holte uns der Alltag schnell wieder ein. Bis auf kleinere Beschwerden, die das Älterwerden mit sich bringen, fühlte ich mich noch fit genug, um für meinen Professor weiterhin da zu sein. Nebenbei ging ich mit meinem Mann ins Sport-Center und einmal in der Woche mit Gisela zum Schwimmen. Das waren meist sehr schöne Abende, die wir auch zum ausgiebigen Plaudern nutzten. Mittwochs traf ich mich ziemlich regelmäßig mit Margot zum Stadtbummel. Das gehörte für uns einfach dazu, obwohl mein Mann das nie verstehen würde, warum sollte er auch …

In diesem Jahr feierten wir unseren zwanzigsten Hochzeitstag, worauf wir sehr stolz waren. Ralf, der Sohn des Professors, wurde fünfzig Jahre alt und bezog endlich seine eigene Wohnung.

Meine Engel

Mit einer anderen Freundin, Helga, machte ich viele Spaziergänge bei uns in den Weinbergen. Ihr erzählte ich die Geschichten von meinem Admiral. Vielleicht kommt er in diesem Jahr noch einmal, scherzte ich. Jedenfalls fand sie diese Geschichte hochinteressant und wünschte mir viel Glück.

An einem anderen Tag teilte sie mir mit, dass sie mit der Entrümplung ihrer Wohnung beschäftigt sei. Dafür hatte ich immer ein Ohr und schaute mir alles an. Vor allem gefiel mir ein drolliges rosa Plüschschwein. Es sei nicht mehr in Ordnung, meinte Helga, früher hätte es ein Lied gesungen. Ihr Mann hatte es ihr vor Jahren geschenkt. Egal, ich verliebte mich sofort in dieses Plüschtier und nahm die anderen für eine Kindertagesstätte mit.

Am Abend nahm ich das wohlriechende Schweinchen mit ins Bett. Es war zwar kitschig, aber jetzt hatte ich einen Glückshund, ein Schaf und ein Glücksschwein als Kuscheltiere. Drei Haustiere, das müsste reichen, dachte ich. Mein Mann schlief schon, nur ich hantierte noch mit dem Schweinchen herum. Dabei drückte ich versehentlich auf die linke Vorderpfote, und es fing an zu singen: „Du bist mein Sonnenschein, du bist mein Mädchen." Perfekt dachte ich, das passt doch, und ich wünschte mir, meinen Admiral Iris wiederzusehen. „Ja, mein Sonnenschein, mein Mädchen", sagte ich leise und schlief ein. Später bedankte ich mich bei Helga und wünschte ihr ebenfalls viel Glück. Sie hatte es verdient.

Leider trennten sich unsere Wege durch unterschiedliche Auffassungen, die wir nicht auf einen Nenner bringen konnten. Trotzdem verdanke ich ihr sehr viel. Von ihr bekam ich den Rat, mich mit den Engeln zu beschäftigen und an sie zu glauben. Sie haben mir bis heute geholfen. Auch im Hause des Professors hatte man sich mit Engeln beschäftigt. Das Buch von Frau Iris mit dem Titel *Engel, lass mich nicht allein!* habe ich mit Freude gelesen und mir und Freunden zum Geschenk gemacht.

Wieder Zufälle, die keine sind

Mir fiel ein, dass Frau Iris mir einen schönen Taschenkalender von 2010 geschenkt hatte, der mir sehr wertvoll war. Ich nutzte ihn als Tagebuch. Erst viel später bemerkte ich, dass meine Eintragungen nur bis zum fünften Juni gingen und ihre Enkeltochter Jana an diesem Tag Geburtstag hatte. Warum fiel er mir gerade jetzt in die Hände? Er war wunderschön und trägt den Titel *Die Zeit ist gut*. Ich schlug ihn auf und sah einen wunderschönen Schmetterling, neben dem folgende Worte standen: *Veränderung und Überraschung ergeben sich, während ich mich am neuen Wachstum erfreue. Leben erwacht und Schönheit ist überall. Ich blicke mit Entzücken auf alles, was ich sehe!*

In diesem Satz war alles enthalten, was ich mit meiner Geschichte über Veränderungen, Überraschungen, neues Wachstum und Schönheit mit meinen Schmetterling Iris erkannt und erlebt hatte. Ich blicke mit Entzücken auf alles, was ich sehe. Dafür bin ich Frau Iris sehr dankbar.

Ich erinnerte mich an die damalige Nacht vom sechsten auf den siebenten März. Ich schlief sehr unruhig und mich fröstelte. Meinen schwarzen Pullover vom Vortag hatte ich einfach angelassen, weil er mich wärmte. Es war mir egal, ich wollte nur noch ins Bett. Am nächsten Tag kam dann die traurige Nachricht von unserer Frau Iris.

Erinnerungen an ähnliche Ereignisse rüttelten mich wieder auf. Mir kam der Gedanke, dass ich am Todestag meiner Tochter Iris mit Gerhild bei 30° Hitze in schwarzen Sachen einen Stadtbummel machte. Lange Zeit musste ich mich überwinden, Schwarz zu tragen, doch heute habe ich mich an die Farbe gewöhnt. Zweimal schwarze Kleidung, zweimal Iris.

Fortsetzung: Tagebuch

Immer wenn mein Sohn Helge seinen Geburtstag feierte, freute sich die ganze Familie, denn die Feiern bei ihm waren einzigartig. Man hatte viel Platz in Haus und Garten. Jeder konnte Neuigkeiten austauschen, es war harmonisch und einfach immer schön. Mit meinem Enkel Patrick, Sohn meiner Iris, hatten wir netten Kontakt. Leider zog er sich später von der Familie zurück, nur mein Mann und ich wurden von ihm noch akzeptiert, warum auch immer. Schade! Noch in diesem Jahr wollte er heiraten. Wie schön, dachten wir, da wäre seine „Mutsch" sehr stolz gewesen.

Die erste Radtour in diesem Jahr führte meinen Mann und mich wieder zur anonymen Wiese nach Mombach. Hier konnten wir immer gleich zwei Besuche verbinden: zweimal Iris. Der kleine Kirschbaum war ganz schön gewachsen, die Plakette mit meinem Geburtsdatum hängt noch dort und wächst mit in die Höhe. Von dort aus hatte ich auch den Blick zur anderen Iris. Wieder fielen mir die Hinweistafeln mit der Nr. 17 links und Nr. 18 rechts auf. Dies wäre eigentlich nichts Ungewöhnliches, doch diese zwei Blöcke mit den gleichen Zahlen stehen auch auf dem kleinen Friedhof in Hechtsheim. Zeichen, die für mich bestimmt sind. Ich hatte im letzten Jahr so viele unglaubliche Erlebnisse, dass mich nichts mehr erschüttern konnte, ich wurde nur immer wachsamer.

Mein Chef hatte schon vor einiger Zeit eine Kur beantragt. Nun wurde sie endlich bewilligt. Das hieß, auch ich hatte einen Monat Urlaub. Der ganze Juni konnte verplant werden: Nach einer Woche Laboe mit meinem Mann verbrachte ich dort eine weitere Woche mit meiner Schwester

Christel und meiner Freundin Margot. Wir hatten zwar die richtige Kleidung mit, doch das schlechte Wetter sorgte für Stimmungsschwankungen. Gut, dass wir noch shoppen und ab und zu während eines Regengusses im Strandkorb eine Tasse Kaffee genießen konnten.

Wieder zu Hause hofften wir auf wärmere Tage. Mein Chef kam von seiner Kur zurück und sagte scherzhaft, dass er sich so etwas nicht mehr antue, eine Erholungskur zu Hause wäre besser gewesen.

Es wurde Zeit, dass der Juli uns den lang ersehnten warmen Sommer brachte. Die Geburtstage rückten näher, erst der meiner Tochter Sabine, dann der von Gerhild und heute war mein Geburtstag. Zuerst musste ich jedoch zu meiner Iris nach Mombach fahren. Ich freute mich auch auf ihren Kirschbaum, an dem mein Geburtsdatum steht. Heute würde Iris an mich denken. Ich umarmte den Baum und wünschte ihm, dass er groß und stark werden sollte. Jetzt ging es mir gut und ich konnte am Nachmittag mit all meine Lieben die ersten richtigen warmen Sonnenstrahlen genießen. Bis hierher war unsere Stimmung erträglich.

Die traurigen Tage standen mir erst noch bevor. Heute (24.7.) vor zwei Jahren telefonierte ich noch mit meiner Iris und sie erinnerte mich an den Geburtstag von meiner Freundin Ilse. In ihrer Verzweiflung hatte sie noch an das Schöne gedacht.

An diesem Jahrestag fühlte ich mich wieder einmal traurig und hilflos. Sie schickte mir einen Schmetterling, schenkte mir eine wunderschöne und wahre Geschichte dazu, damit ich mir meinen Wunschtraum, ein Buch zu schreiben, erfüllen konnte. Danke, meine Tochter, für alle deine Zeichen, die mich dir nahe sein lassen. *For ever yours. Mama.*

Gerhild erzählte mir, dass sie im August nach Berlin ziehen würde. Beruflich könnte sie sich da verbessern, und sie hätte ihre Tochter und Enkel in ihrer Nähe. Gut, dass ich ihr in dieser Zeit der Jahrestage meiner Trauer bei den Umzugsvorbereitungen helfen konnte. Das lenkte mich etwas ab. Sie kannte meinen Professor bereits viel länger als ich. Auch er war traurig über ihr Weggehen, denn so manches Mal hatte sie für ihn ein leckeres frisches Süppchen gekocht.

Der Abschiedsschmerz war jedoch schnell überwunden: Ein paar Tage Fahrradfahren in Ostfriesland mit unseren Enkeln Sky und Tamara ließen mir kaum Zeit, an andere Dinge zu denken. Es waren unbeschwerte, fröhliche Tage. Die beiden sorgten für jede Menge Abwechslung, was mir und meinem Mann sehr gut getan hat. Die Kinder waren an allem interessiert und liebten Fahrradtouren auf dem Deich, wo wir unter anderem den „Otto-Leuchtturm" besuchten.

An einem Nachmittag kam uns am Haus des Fahrradverleihs ein großer Schwarm von Schmetterlingen, alles Admirale, entgegen. Ich war sehr erstaunt und überrascht und entdeckte einen Busch mit großen blauen Blüten. Darin hingen die Tiere wie Trauben dicht an dicht. So etwas Schönes hätte ich mir hier im Norden nicht erträumt.

Ein blauer Schmetterling

Vielleicht lachte mir ja das Glück auch wieder zu Hause. Wir kamen an einem sehr warmen Tag dort an und ich fuhr direkt mit meinem schwarzen Mini zu dem kleinen Friedhof. Aufgeregt wie ein Teenager beim ersten Date kam ich nach langer Zeit wieder hierher. Es könnte ja sein, dass vielleicht

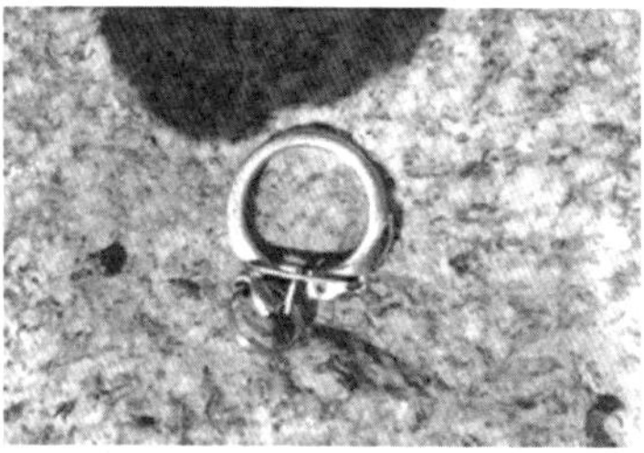

auch in diesem Jahr wieder ein Schmetterling kommen würde. Ich stieg aus und näherte mich dem grauen Stein. Darauf lag ein silberner Schlüsselanhänger – statt eines Schmetterlings – genau in der gleichen Mulde. Was hatte ich anderes erwarten können? Er passte genau auf meinen kleinen Finger und ich machte mir so meine eigenen Gedanken. Ich erinnerte mich, dass ich genau vor einem Jahr einen bunten Lederschmetterling unter der Laterne gefunden hatte, der von irgendetwas abgerissen war. Zufall? Nein, abermals ein Zeichen! Ich war sehr neugierig, was dieses Jahr noch bringen würde.

An Iris' einundfünfzigsten Geburtstag regnete es und es lockte mich nicht zum Ferienhof. Ich dachte, sie sei immer da, wo ich bin und das ist hier in Hechtsheim. Am nächsten Tag schlenderte ich bei schönerem Wetter am Grabmal von Elfriede Schultheiß vorbei. Mir fiel nichts Ungewöhnliches auf, und ich ging weiter zur Ruhestätte von Rudolf Baum. Ich spielte mit dem Schlüsselanhänger am kleinen Finger und verweilte am Ende des Weges. Hier wartete ich und hoffte, irgendetwas zu entdecken. Eine unglaubliche Ruhe umgab mich, keine Menschenseele war zu sehen. Plötzlich ließ mich ein knisterndes Geräusch, das neben mir aus dem Laub kam, hochschrecken. Schnell und flink umflatterte mich ein ganz winziger Bläuling-Schmetterling, wunderschön anzusehen. Ich hätte gern ein Foto von ihm gemacht, doch ich konnte ihm nicht schnell genug folgen. Er setzte sich auf einen Busch vor dem Grabmal von Rudolf Baum. Das ist nicht mehr normal, dachte ich, es gibt so viele Grab- und Ruhestätten. Wieso gerade hier?

Der kleine hellblaue Schmetterling mit den Lieblingsfarben unserer Mutter Else Baum flog in Richtung Tor zurück. Er zeigte mir die gleichen Grabsteine wie mein Admiral im letzten Jahr. Es kam mir langsam vor wie in einem Kriminalroman: Wer außer meiner Mutter und meiner Iris könnten das alles wissen?

Dieser Sache musste ich wirklich auf den Grund gehen. Mein Schlüsselanhänger brachte mich auf die Idee, dass ich vielleicht etwas ‚entschlüsseln' sollte. Ja, das war das richtige Wort dafür. Jetzt lockte mich der Schmetterling vor das Friedhofstor. Gerade noch in einem Rosenbusch sitzend, verschwand er blitzschnell hinter einer großen Informationstafel. Er blieb einfach spurlos verschwunden, als wäre er nie da gewesen. Dieser winzige hellblaue Schmetterling verstand es, mich aufzuhalten. Eine ähnliche Situation hatte ich schon im letzten Jahr, als ich mit meiner Enkelin Tamara hier war, erlebt.

Mein Gänsehautgefühl wurde immer stärker. Ich trat dicht vor den großen Stein und blickte dahinter in der Hoffnung, ihn dort wieder zu sehen. Doch statt des kleinen blauen Falters saß dort auf einmal mein Admiral in seiner ganzen Pracht, wie im letzten Jahr, als wartete er nur auf mich. Unglaublich, nie hätte ich damit gerechnet. Dieser kleine

blaue Falter brachte es fertig, mich an die richtige Stelle zu führen. Sprachlos und glücklich zugleich konnte ich meine Freude kaum unterdrücken. Langsam bewegte ich mich zu ihm vor. Niemals konnte es der gleiche Admiral sein! Ich musste abwarten, wie er sich mir gegenüber verhält. Ganz behutsam flüsterte ich ihm etwas zu und er krabbelte zutraulich auf meine Hand, als wäre es das Normalste der Welt. Ich hatte ihn wieder und konnte meiner Iris hier und heute zum einundfünfzigsten Geburtstag gratulieren. Im gleichen Moment flogen kleine weiße Federn um mich herum.

Ich wusste, von wem sie kamen und bedankte mich bei meiner Mutter. Als Zeichen von mir schickte ich ihr ein liebes Lächeln zum Himmel und legte ihr für das heutige zweite Trauerjahr eine schöne Feder auf den Stein mit der Nummer 18. In ihren Lebzeiten hatte sie häufig zu mir gesagt, dass ich immer ein Lächeln auf meinen Lippen tragen sollte, dann bekomme ich es dreifach zurück. Wie recht sie damit hatte, würde die Zukunft erweisen.

Mein Buch

Das war eine Geschichte, die ich meinem Chef mitteilen musste. Er war erstaunt und gleichzeitig erfreut über diese Begebenheiten, die sich ja schon im letzten Jahr so oder so ähnlich zugetragen hatten. Dieses Mal sagte er: „Schreiben sie es auf, Frau Witzig, schreiben Sie!“

Er wusste von meinem langjährigen Wunsch, das gab mir Aufschwung, zumal er an mich glaubte. Während unseres Gesprächs überreichte er mir ein Buch, das seine Schwiegertochter geschrieben hatte: *Nichts als ein Garten*, von Anne K.

Davon wusste ich zwar, aber es wurde bisher nicht ausdrücklich darüber gesprochen. Der Professor hielt es jetzt für den richtigen Zeitpunkt, mir dieses Buch seiner Schwiegertochter Anne. K. zu schenken und mir Mut zu machen. Ich freute mich sehr darüber und vor allem, dass ich die Autorin persönlich kannte. Irgendwann würde ich sie wiedersehen und darauf ansprechen.

Jetzt machte ich mir ernsthafte Gedanken, wie ich mein Buch beginne und welchen Titel ich für meine Geschichte wählen soll. Ich war so aufgeregt und hätte am liebsten alles auf einmal angefangen. Zuerst musste ich alle Notizen der letzten zwei Jahre zusammenstellen und zurechtlegen. Mein Mann wusste seit Langem von meinen Schreibplänen und freute sich mit mir, dass ich nach der langen Trauerzeit endlich wieder eine Aufgabe hatte, die mich glücklich machte und erfüllte. Außerdem fehlte es mir damals noch an genügend Stoff.

Jetzt fasste ich neuen Mut, mich würde niemand stören oder ablenken, wofür mein Mann sehr gut sorgen würde. Jetzt konnte ich anfangen, über etwas nicht Alltägliches zu schreiben, über etwas, das noch niemand außer mir erlebt hatte. Die Zeit würde für mich arbeiten, dachte ich und ich hielt weiterhin an meinem Traum fest, den Mark Twain so schön formuliert hat: *Trenne dich nie von deinen Illusionen und Träumen: wenn sie verschwunden sind, wirst du weiter existieren, aber aufgehört haben zu leben.*

Am nächsten Tag musste ich unbedingt prüfen, ob das gestern Erlebte nur eine einmalige Begegnung war. Der Weg zum kleinen Friedhof fiel mir nie schwer, im Gegenteil, er bereitete mir innere Ruhe und Freude. Hier war alles sehr schön mit Blumen angelegt, übersichtlich und friedlich. Auch vor dem Tod meiner Tochter Iris bin ich, zur Verwunderung meines Mannes, gern hierhergekommen. Ich dachte an die ehemaligen Bekannten und erfreute mich an den Menschen, mit denen ich nette Gespräche führte. So auch im letzten Jahr und vielleicht auch in diesem.

Ich musste mich an die Situation mit meinem neuen Admiral gewöhnen. Heute saß er auch nicht auf dem Stein, aber ich hatte eine Vermutung, wo er sein könnte. Wie im letzten Jahr lief ich das kurze Stück bis zum Ende vor der ersten Kurve. Bis hierher flog er, – nie ein Stück weiter. Mich wunderte gar nichts mehr, er saß genau an der gleichen Stelle vor der Ruhestätte Rudolf Baums, wie mein Admiral im letzten Jahr. Wie konnte so etwas möglich sein? Ich war auf ein neues Abenteuer mit meinem Admiral Iris gespannt.

Mittlerweile erfüllte mich mehr Freude als Trauer. Hier hatte ich Iris für mich allein. Er flog auf einen höheren kantigen Stein, der direkt am Ende des Weges stand. Ich legte meine Tasche auf den Rasen und er überraschte mich mit einer Tanzeinlage. Es schien, als wäre er überglücklich, dass ich ihn gefunden hatte und hergekommen bin. Hier tanzte er nur um den Stein und um mich herum. Was für eine Willkommensgeste für mich. Zwei Frauen, die sich näherten, blieben verwundert stehen. Sie amüsierten sich über diese Zutraulichkeit des Schmetterlings. Beiden erzählte ich etwas von meinen Erlebnissen des vorigen Jahres. Sie wünschten mir weiterhin viel Glück und sagten mir, dass sie schon jetzt auf meine Geschichte gespannt wären, wenn ich sie veröffentlichen würde.

Auf dem Rückweg zum Tor wollte ich überprüfen, ob mir mein Admiral noch folgte. Im Schattenbild erkannte ich, dass er über mir flog. Er forderte mich zu einem Spiel auf, ich sollte ihn suchen. Vor dem Tor war er auch nicht, aber irgendwie fühlte ich, dass er in meiner Nähe war. Wieder ging ich zurück zum Grabstein von E. Schultheiß, blieb dort stehen und schaute nach allen Seiten. Vielleicht wollte er mir durch die Versteckspiele ja nur etwas zeigen, dachte ich. Genauso war es. Ich entdeckte ihn, wie er flach auf einem hellgrauen Grabstein saß, der nur zwei Gräber entfernt von Frau Schultheiß stand. Diesen Stein hatte ich nie vorher bemerkt. Auf grauem Untergrund steht in weißer Schrift der Nachname „Dumont“. Bis ich begriffen hatte, was er mir zeigen wollte, blieb er ungewöhnlich lange auf dem Buchstaben M in der Mitte sitzen. Als wollte er mir sagen, Mama schau her, diesen Namen kennst du. Mein Admiral zeigte mir wieder sehr deutlich, was außer meiner Familie, nur meine Tochter Iris und ich wissen konnten. Aber ich war allein hier. Ich konnte niemandem erzählen, wie es in mir aussah, als es mir wie Schuppen von den Augen fiel: Ich habe mit

meinem Mann Jürgen in der Dumont-Straße in der Oberstadt gewohnt, bevor wir nach Hechtsheim gezogen waren. Hier lernten wir uns kennen und hatten dort sehr schöne Erlebnisse mit Iris und unserer Familie. Ein fröhliches Foto meiner drei Kinder, das vor mir auf meiner Fensterbank

steht, erinnert mich täglich an die Zeit in der Dumont-Straße. Dieser Admiral zeigte mir, dass es meine Iris ist, die mich nach fast zwanzig Jahren an die schöne Zeit mit ihr zurückerinnern sollte. Ich stand da, weinte und konnte es nicht fassen, was ich gerade mit eigenen Augen gesehen hatte. Dieses Zeichen von ihr sollte ich erkennen und entschlüsseln, was mir gelungen war. Wie kann es sein, dass auch in diesem Jahr ein Admiral erschien, der mir Dinge zeigte, die zu unserer Familie gehörten? Ich war überwältigt und froh, dass ich alles auf Fotos festhalten konnte. Und ich hatte eine unglaubliche Geschichte zu erzählen. Eine Geschichte, die so einzigartig und verrückt ist, dass ich es selbst kaum glauben kann.

Ich war auf diese Erlebnisse sehr stolz. Und die Vorstellung, ein Buch zu schreiben, machte mich stark. Mein Mann tat alles, um mich für einen eigenen Computer vorzubereiten. Er konnte meine Situation mit dem Schmetterling zwar nicht richtig einschätzen, dennoch freute er sich, dass ich das Schreiben wirklich ernst nahm und unterstützte dies.

Mein Ring

Auf einer Modeschmuck-Ausstellung entdeckte ich einen originellen Ring, der mich faszinierte. Darauf war eine schwarze kleine stilisierte Billard-Kugel mit einer weißen „8“ zu sehen. Sofort verliebte ich mich in diesen Ring. Bis zur Adventszeit wollte ich ihn noch liegen lassen, es sollte ja eigentlich mein Weihnachtsgeschenk sein.

Ich wollte wissen, welche Rolle diese Kugel auf dem Billardtisch hatte. Für mich war sie sowieso eine ganz besondere Kugel, da sie meine Lieblingszahl, die Acht trug. Acht ist unsere Hausnummer. Das Kennzeichen unserer Autos ist von der Acht geprägt. Die Nummer von unserem Bootssteg, unsere Wohnung in Laboe haben die Acht, und schließlich wohnt auch mein Sohn Helge in einem Haus mit dieser Zahl. Die Acht ist das Symbol für die Unendlichkeit, und vielleicht bedeutet das für mich, dass ich in jedem Jahr wieder einem Schmetterling begegne: eine unendliche Geschichte.

Mein Chef war wie immer in guter Laune und lud sich an einem schönen Sonnentag Besuch ein. Auf der Terrasse konnte ich dann acht interessante Menschen mit Kaffee und Kuchen verwöhnen und kennenlernen. Eine Gruppe jüngerer Architekten, die bei ihm studiert hatten, freuten sich auf dieses Wiedersehen nach langer Zeit. Mein Chef genoss dieses Treffen.

Sabine

Mit meiner Tochter Sabine machte ich an einem dieser Sonnentage einen Stadtbummel. Endlich hatten wir beide einmal wieder Zeit für uns. Auf dem Heimweg zu mir fragte ich vorsichtig, ob sie vielleicht doch einmal den Schmetterling sehen möchte? Sie hörte sich zwar immer meine Geschichten an, aber so ganz konnte ich sie noch nicht begeistern. Sie musste sich erst selbst davon überzeugen, deshalb freute ich mich besonders, als sie spontan zusagte. Bei diesem Wetter war ich mir sicher, ihn anzutreffen.
Gegenseitig steckten wir uns mit guter Laune an und wünschten den ersehnten Erfolg. Schon ein paar Schritte in Richtung Tor reichten aus, um Kontakt mit dem Schmetterling aufzunehmen. Was jetzt geschah, war für mich absolut unerklärlich. Diesmal kam er direkt auf uns zu. Diese schwungvolle Art, mich und Sabine unmittelbar anzufliegen, war mir neu. Faszinierend war dabei, dass zwischen dem Admiral und Sabine gleich eine große Schwesternliebe herrschte. Dafür gibt es keine Worte, so etwas kann man nur selbst erleben und glauben. Nach dieser Begrüßung war meine Sabine so heiter und glücklich wie lange nicht mehr. Wir folgten dem Admiral bis in den Friedhof hinein. Gerade vor uns stand der Stein mit der Nummer 18. Davor blieben wir stehen. Sabine wusste nur zu

genau, was diese Nummer mit ihrer geliebten Oma, Else Baum, verbindet. Ich betete ganz leise und sagte zum Schmetterling: „Wenn du meine Iris bist, dann fliege bitte auf die 18, bitte nur das eine Mal!“ Kaum ausgesprochen, flog er für uns auf den Stein mit der 18. Wir standen beide sprachlos daneben. Schnell wollte Sabine mein Handy haben. Was für ein schlauer Schmetterling er ist, dachten wir beide. Er blieb solange sitzen, bis Sabine ein paar Fotos für meine Geschichte machte. Nie hätte ich mir träumen lassen, welchen Glücksmoment er uns heute bescherte, und wie oft hatte ich es mir das schon so gewünscht. Zum ersten Mal seit Langem erlebte ich Sabine nach dem Tod ihrer Schwester wieder so glücklich. Ihr gefiel dieser wunderschön angelegte, kleine Friedhof. Es ist dann etwas später geworden, gewiss wird sich Sabine am Abend noch viele nette Gedanken gemacht haben. Vor allem aber konnte sie sich heute von etwas überzeugen, was sie wohl nicht geglaubt hätte, wenn sie es nicht mit eigenen Augen gesehen hätte.

Tagebuch: Fortsetzung

Eine Woche später heiratete mein Enkel Patrick seine Natalie. Obwohl wir alle seine Mutter vermissten, wurde es ein sehr nettes Hochzeitsfest. Beide wussten von meinen Schmetterlingserlebnissen und hatten auf die Hochzeitstorte sogar zwei Schokoladenschmetterlinge gesetzt. Die Servietten waren mit dem Zeichen der Irisblüte verziert. Man spürte überall, dass meine Iris unter uns war. Alles war mit Liebe ausgerichtet und das Brautpaar war glücklich. Wieder einmal wurde ich mit liebevollen Kleinigkeiten und Geschenken bedacht, die mit einem Schmetterling, einer Irisblüte (Schwertlilie) oder einer Feder verziert waren oder zu tun

hatten. Jedes dieser kleinen Kostbarkeiten habe ich als Andenken aufgehoben. Danke dafür!

Ähnliche Kleinigkeiten fanden sich auch im Haus und auf der Terrasse von Frau Iris. Ich freute mich immer, wenn ich aus dem Fenster schaute, da die Dachterrasse mit langstieligen Irisblüten und weißen Schmetterlingen übersät war. Auch

am Bestattungstag hatte uns ihre Schwiegertochter Anne K. eine Irisknolle überreicht, die wir auf ihre kleine Ruhestätte pflanzten. Malerische pastellfarbene Bilder mit der gleichen Blüte entdeckte ich im Schlaf- und Wohnbereich. Warmherzig und liebevoll, wie sie selber war, hatte sie für alles den richtigen Platz gefunden.

Die Erinnerungen an meine Tochter und den Admiral wollte ich eine Weile auf sich beruhen lassen. Im Spätherbst ergab es sich, dass Renate, die Tochter meines Mannes, fragte, ob ich sie zu einer Reise nach St. Petersburg begleiten wollte. Ich begleitete sie, wir flogen nach Helsinki und von dort aus ging es mit dem Schiff weiter bis nach St. Petersburg. Es war sehr harmonisch und wir unternahmen fast alles zusammen. Renate unterstützte mich, da ich in der Hast beim Verlassen der Wohnung meine Brille verlegt hatte und mit einer zu schwachen Ersatzbrille reisen musste. Es wurde ein schöner und interessanter Aufenthalt. Dankbar und voller neuer Eindrücke kehrte ich zurück. Vielleicht hätte ich mit meiner richtigen Brille ein weiteres Zeichen entdeckt?

Wieder zu Hause angekommen, brauchte ich jetzt Ruhe und Zeit für mich und mein Schreiben. Sehnsüchtig und gespannt war ich auch auf ein Wiedersehen mit meinem Admiral und erhoffte mir ein kleines Wunder, ihn zu dieser Jahreszeit noch anzutreffen.

In diesem Oktober feierte der Professor seinen vierundneunzigsten Geburtstag. Nur drei Tage zuvor flog ein Admiral über mich hinweg, als sollte ich ihm Grüße bestellen. Es wäre wohl auch zu viel verlangt gewesen, wenn ich meinen Admiral nochmals an seinem Geburtstag vor seiner Haustür angetroffen hätte, so wie im letzten Jahr. Aber ich richtete ihm einen, wenn auch kurzen Gruß vom Schmetterling aus, über den er sich sehr freute. Er, meine Familie und meine Freunde waren inzwischen mit meiner Schmetterlingsgeschichte so vertraut, dass sie die Zeichen selbst erkennen konnten und auf alles geachtet haben.

Kurz darauf berichtete mir mein Sohn am Telefon, dass direkt vor seiner Haustür ein Admiral säße und ganz zutraulich wirkte. Das müsse wohl ein Versehen sein, sagte ich, eigentlich müsste er hier bei meinem Chef sein. „Heute wollte dir wohl deine Schwester Iris einen Besuch abstatten“, scherzte ich, fand es aber nicht unmöglich, nach allem was ich erlebt hatte. Helge hatte den Weg zu seiner Schwester nur selten gefunden, also kam Iris jetzt zu ihm. Sie liebte ihren Bruder Helge und auch ihre Schwester Sabine. Wie schön, dass mein Sohn und seine Familie auch darauf achteten und an meine Geschichten glaubten. Über diesen Anruf hatte ich mich besonders gefreut, da ich damit nicht gerechnet hatte. Schnell überbrachte ich dieses „Umweg-Geschenk" noch meinem Chef. Er war fröhlich wie immer und hocherfreut über den „Admiralsbesuch" bei meinem Sohn. Hauptsache, der Schmetterling war heute anwesend. Vielleicht hatte sich auch seine Frau Iris heute nur verflogen, scherzte ich.

Wiedersehen mit meinem Admiral Iris

Einige Tage später wollte ich kontrollieren, wie lange es mein Admiral in diesem Jahr noch aushält. Ich hatte gelesen, dass diese Art Schmetterling nur ein halbes Jahr lebensfähig sei. Wetterbedingt leben sie vielleicht auch länger. Für mich war es immer noch sehr spannend, etwas mehr über sie zu erfahren, etwas, das vielleicht nicht normal wäre, genau wie meine Geschichte.

Heute würde ich meinen neuen Ring mit der Billardkugel Acht anziehen, er wird mir Glück bringen, dachte ich. Neugierig ging ich an diesem warmen Tag wieder den kleinen Berg bis zum

Tor des Friedhofs hoch. Hier wartete der Admiral bisher sehr oft auf mich. Ich drehte mich im Kreise und streckte beide Arme hoch in die Luft. Dann geschah es: Noch ehe ich ihm zuflüstern konnte, kam er aus irgendeiner Ecke, begrüßte mich und flog direkt auf meinen rechten Zeigefinger, auf meinen Ring mit der Acht. Ich hätte mich schon sehr gefreut ihn nur zu sehen, aber das war viel mehr, als ich erhofft hatte. Da war es wieder, dieses Gänsehautgefühl, das mich an meine Iris erinnerte. Ich begann, ihm von der Reise und vom Geburtstag des Professors zu erzählen. Als wäre es das Selbstverständlichste, mir zu zuhören, blieb er vor mir sitzen und lauschte meiner Stimme. Mit dem anderen Zeigefinger nutzte ich die Gelegenheit, ganz zaghaft seinem Rumpf näherzukommen und ihn zu kraulen. Es dauerte ein wenig, bis ich kapierte, was da eben geschah: Ein Schmetterling lies sich von mir kraulen, ohne fortzufliegen! Ich genoss diesen Moment ihn berühren zu dürfen, fand alles aber unglaublich.

Wie gern hätte ich gesehen, dass er vor dem Tor den Baum Nummer 17 anfliegen würde. Aber ich gab die Hoffnung nicht auf, vielleicht würde es dieses Jahr ja nochmals passieren.

Obwohl ich nicht mehr daran glaubte, den Admiral in diesem Jahr noch einmal zu sehen, ging ich Anfang Dezember bei Sonnenschein an unserem zwanzigsten Hochzeitstag erneut zum kleinen Friedhof. Das Glück und das Gänsehautgefühl, das ich im Spätherbst erlebt hatte, konnte eigentlich gar nicht mehr übertroffen werden. Ich zog meinen Ring mit der Acht auf den rechten Zeigefinger und ging los. Man sah nur ganz wenig Leute, vielleicht nahm ich auch nur niemanden wahr: Alles drehte sich nur noch um diesen heutigen siebten Dezember und meinen Schmetterling Iris.

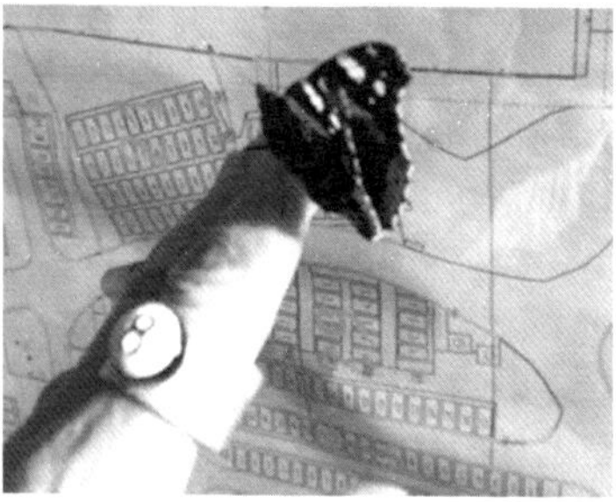

Kaum, dass ich vor dem Tor stand, fiel sein Schatten vor mir auf den Boden. Ich streckte meine Hände aus und brauchte nichts zu tun, als darauf zu warten, dass er auf meine Hand flöge. Ich kam mir vor wie eine Schmetterlingsdompteuse. Und das im Dezember! Im gleichen Moment bewegte er sich wieder zu meinem Ring, dieses Mal direkt auf die kleine Billardkugel mit der Acht, meiner Glückszahl, zu. Mit einem kleinen Schubser von mir flog er, ohne dass ich ihm etwas zuflüstern musste, zu diesem sonnenbeschienenen Baum mit der Plakette 17. Sprachlos konnte ich dieses Schauspiel betrachten und mitverfolgen, fast wie in einem Film. Ohne jegliche Angst davor, dass er wegflöge, bat ich ihn, noch etwas zu bleiben und zog mein Handy aus der Hosentasche. Er sonnte sich mit ausgebreiteten Flügeln, und mit Engelszungen flüsterte ich ihm noch ein einziges Mal zu: „Wenn du meine Iris bist, fliegst du bitte, bitte auf die 17!“ Mein Wunsch wurde erhört und eh ich mich versah, krabbelte er direkt auf die 17 zu. Er ließ sich Zeit, damit ich die schönsten Fotos von ihm machen konnte. Was für ein Jahresabschluss für meine Geschichte!

Was bewegt einen solchen Schmetterling dazu,

meinen Worten zu folgen? Was hatte ich, das diesen Admiral dazu brachte, Dinge zu tun, die ich mir wünschte? War es Telepathie zwischen meiner Tochter Iris und mir?

Ich dachte daran, vielleicht seelenverwandt mit einem Schmetterling zu sein, so wie manche Asiaten, die in ihrer Kultur an den Schmetterling als Symbol für die Wiedergeburt glauben. Davon erzählte mir ein Ehepaar, das etwas vom Treiben mit mir und dem Admiral miterlebte. Anschließend ließen sich die beiden von meinem Admiral ein Stückchen in den Friedhof begleiten. Seine Zutraulichkeit erstaunte mich, da ich so etwas bisher noch nie mit Fremden erlebt hatte. Schnell hatte ich einen guten Grund, mich vielleicht für immer von ihm zu trennen. Wer weiß?

Der Schmetterling als Symbol für Wiedergeburt – das hat mich sehr berührt und ist vielleicht die Erklärung für das von mir Erlebte? Hatte es etwas mit meinem Schlüsselanhänger zu tun?

Tagebuch: Fortsetzung

In diesem Jahr feierten wir Weihnachten bei meinem Sohn Helge und seiner Frau Tanja. Mit meinen Enkeln Leon und Lars, die für fröhliche Abwechslung sorgten, wurde es ein wunderschönes Weihnachtsfest. Sabine, Kai und Sky verbrachten ihren Weihnachtsurlaub in Thailand. Sie suchten Wärme und Ruhe zur Erholung. So verliefen die Feiertage für alle mit wenig Stress und Hektik.

Der Sohn meines Chefs hatte wie immer die Aufgabe, den Weihnachtsbaum aufzustellen, den ich dieses Mal ohne Lametta schmückte. Für die Kinder und Enkel besorgte ich

Süßigkeiten und selbst gebackene Plätzchen. So gehörte auch ein bunter Teller, den ich mit abwechslungsreichen Leckereien gefüllt hatte, unter den Baum.

Nach den Feiertagen hatte ich das Bedürfnis, mich zum Jahresabschluss beim lieben Gott und meinen Admiralen zu bedanken. Es war der 27. Dezember. Die Temperatur war ungewöhnlich mild, und vielleicht würde ich auch einmal Hannelore wiedersehen. Sie hatte von Anfang an die Schmetterlingsgeschichte miterlebt und mich von Zeit zu Zeit erinnert, dass mein Admiral vor dem Tor auf mich wartete.

Zu meinem Erstaunen empfingen mich statt Hannelore gleich drei Admirale in bester Laune, als wollten sie mir ein gutes neues Jahr wünschen. Seltsamerweise begegnete mir zum ersten Mal eine junge Dame, die das Grab von Rudolf Baum pflegte. Hier hatte alles im letzten Jahr angefangen. Wie schön! Wir begrüßten uns beide mit „Frau Baum" und versprachen, uns im neuen Jahr hier wieder zu treffen. Sie wollte mehr über meine Geschichte erfahren, die ich kurz angerissen hatte. Am Ausgang erwartete mich zum letzten Mal in diesem Jahr mein Admiral Iris. Er flog auf meine Hand, als wollte er sich von mir verabschieden. Gerührt von so vielen Emotionen und diesen unvorstellbaren Begegnungen, kullerten mir ein paar Tränen über die Wangen.

Das Jahr 2016

Wir begrüßten das neue Jahr in Laboe. Hier hatte ich endlich Zeit, das Buch von Anne K. zu lesen: *Nichts als ein Garten*.

In diesem Jahr würden so einige runde Geburtstage gefeiert werden: Unser Enkel Sky wurde 10 Jahre alt, gefolgt von Patrick, meinen ältesten Enkel mit 30 Jahren, Sabine wurde 50.

Mein Mann und ich wurden in diesem Jahr 70 Jahre alt! Wir hatten beide den Wunsch, unsere Familien zu diesem besonderen Fest einzuladen. Wir würden einen Ort suchen, an dem wir alle feiern und übernachten und unseren Gästen die Schönheiten unserer Heimat am Rhein zeigen konnten.

Im Hause meines Chefs hatte sich im neuen Jahr nichts verändert. Alles lief seinen gewohnten Gang, und ich war glücklich, dass ich ihn weiterhin betreuen durfte. In diesem Jahr würde er 95 Jahre alt werden, er feiert also auch einen ganz besonderen Geburtstag. Bis zum Oktober war es zum Glück noch eine Weile hin, trotzdem machte er sich, wie wir, Gedanken. Wie mein Mann plante er immer vorausschauend und, wenn sich Änderungen ergaben, zog er, wie mein Mann, seine Pläne angepasst und zielstrebig durch.

Ende April ließ ich mich von der frischen Frühlingsluft inspirieren, um vor die Haustür zu gehen. Aus alter Gewohnheit nahm ich den Weg zu meinem kleinen Friedhof. Die Erinnerungen der letzten beiden Jahre blieben für mich unvergesslich. Ich dachte überhaupt nicht daran, dass ich auch in diesem Jahr einem Admiral begegnen würde. Ich war froh über mein tolles Erlebnis vom letzten Jahr und betrachtete dies als glückliches Ende meiner Geschichte.

Vor zwei Jahren saß mein Admiral zum ersten Mal auf dem grauen Stein vor dem Tor. Im nächsten Jahr lag an der gleichen Stelle ein silberner Schlüsselanhänger. Was bitteschön, sollte mich in diesem Jahr noch überraschen?

Am Eingangstor angekommen, blickte ich wirklich neugierig auf die gleiche Stelle, den grauen Stein, an dem alles begann. Zu meinem Erstaunen lag darauf eine Haselnuss.

Ich wies also dieser Haselnuss die Bedeutung eines dritten Zeichen für mich zu. In diesem Jahr erkannte ich sehr schnell, worauf ich achten musste. Eigentlich war es ganz

einfach: Ich sollte diese Haselnuss wie ein Rätsel knacken. In den letzten zwei Jahren hatte ich so vieles entdecken und entschlüsseln müssen, da würde ich doch diese neue Herausforderung gern annehmen. Ich war gespannt und nahm meine Haselnuss mit nach Hause. Seitdem trage ich sie in meiner Jackentasche und hüte sie wie meinen eigenen Augapfel.

Zu Hause bei meinem Chef

Es war im Wonnemonat Mai. Sechs Jahre waren nun vergangen, seit ich hier im Haus des Professors anfing. Wir dachten wie immer an seine Frau Iris, die jetzt ihren 85. Geburtstag feiern könnte. In diesem Jahr wären es mit seinem 95. Geburtstag zwei besondere Tage im Hause des Professors gewesen.

Mein Chef zog sich eine Wunde an der Nase zu und merkte nicht, dass diese immer größer wurde. Er machte sich nicht viele Gedanken darüber, er war ziemlich hart im Nehmen. Ein Arzt aus seiner Skatrunde mahnte ihn, dass er sich in Behandlung begeben sollte. Erst jetzt beherzigte er diesen Rat. Zu gern hatte er sich den ersten heißen Sonnenstrahlen ausgesetzt, wovon ich ihm oft abgeraten hatte. Ein Klinikaufenthalt war jetzt notwendig und ich hoffte auf recht baldige Genesung. Bisher hatte er nie über Beschwerden geklagt, auch jetzt nicht. Jedes Mal war ich froh darüber, dass er fast alle Termine noch mit seinem Elektromobil selbst erledigte, so auch die Fahrt zur Klinik.

Nach seiner Operation sollte er noch eine Nacht in der Klinik bleiben. Ich besuchte ihn und war nicht überrascht, dass er zwar fröhlich wirkte, sich aber in diesem kleinen Zimmer eingeengt fühlte. Er hatte recht; hier würde ich mich auch nicht wohlfühlen. Ich verabschiedete mich und fuhr nochmals in seine Wohnung. Kurz darauf ließ er mich am Telefon wissen, dass er bereits entlassen sei und ich mir keine Sorgen zu machen brauchte. Heimlich hatte er eine Gelegenheit genutzt, unbemerkt mit seinem Elektromobil nach Hause zu fahren. Was für ein Schelm er doch war! Wie schön, dachte ich und wartete noch solange, bis er zu Hause ankam.

Einer der nie aufgibt und sein Leben aktiv lebte. Ich dagegen musste mir meine kleineren Gebrechen eingestehen. Obwohl ich versuchte, einiges durch meine Fröhlichkeit zu überspielen, entging meinem Chef nicht, wenn es mir schlecht ging. Wir kannten uns lange genug, um zu wissen was und fehlte, es wurde nur selten darüber gesprochen, und das war gut so. Jeder versuchte so gut er konnte, den anderen aufzumuntern.

Ein weiteres Wiedersehen mit meinem Admiral

Am nächsten Tag zog es mich wieder nach draußen zum kleinen Friedhof. Dieses Mal hatte ich meinen Ring mit der Billardkugel am linken Zeigefinger und meine Haselnuss in der rechten Jackentasche. Ich war neugierig, ob sich in diesem dritten Jahr Ähnliches abspielte. Vielleicht war es für Schmetterlinge noch viel zu früh. Das Wetter war schön und ich wollte mein Glück probieren. Aller guten Dinge sind drei, daran glaubte ich einfach.

Es war keine Menschenseele zu sehen. Wie schön, denn nur so konnte ich meinen Gefühlen freien Lauf lassen. Ich stand vor dem Tor und merkte erst jetzt, dass es noch geschlossen war. Darüber machte ich mir keine Gedanken. Für mich spielte sich zunächst alles vor dem Tor ab und solange wollte ich erst abwarten, ob sich etwas bewegte. Ich nahm meine Haltung vom letzten Jahr ein, flüsterte den Namen meiner Tochter „Admiral Iris“, als sich plötzlich ein Schatten vor mir auf dem Boden zeigte. Ich spürte, dass meine Iris in der Nähe sein musste. Ganz automatisch streckte ich den linken Arm hoch. Unmittelbar darauf steuerte der Admiral auf meine Hand, direkt auf den Zeigefinger mit der Billardkugel.

Erschrocken sah ich, dass sein rechter Unterflügel fehlte und er aufgeregt war. Unruhig streckte er seine Fühler aus, was ich noch nie so aus der Nähe beobachten konnte. Mit ganz leisen Worten versuchte ich, ihn zu beruhigen. Zaghaft rollte er diese kleinen Fühler wie eine Schnecke wieder ein und wurde ganz ruhig. Er blieb einfach nur auf meinem Ring sitzen, als wollte er bei mir bleiben. Ich wurde traurig und konnte meine Tränen nicht zurückhalten. Ganz anders als sonst wurde ich von meinen Gefühlen überwältigt. War es vielleicht doch meine Iris, die am rechten Flügel verletzt war und mir eine Botschaft überbringen wollte? Vielleicht wollte sie mir sagen, dass ich jetzt alles gesehen und erlebt habe, um meine Geschichte zu Ende zu schreiben. Oder auch, dass sie kraftlos war und ihre Seele Ruhe brauchte. Mir fiel wieder die Geschichte vom Schmetterling als Symbol für die Wiedergeburt ein. Das war es für mich jetzt: das Zeichen der Wiedergeburt. Ich war mir sicher, dass diese traurige Begegnung nur vorübergehend war. Bald kommt der Sommer, der bestimmt schönere Erlebnisse bringt. Ich werde auf Zeichen achten und abwarten, um das Geheimnis der Haselnuss zu lüften.

Ein Herr, der auf mich zukam, störte unsere Ruhe und so auch meinen Admiral. Nach einem kurzen Gespräch lächelte er mir zu und sagte: „Ein Schmetterling sitzt auf ihrem Rücken!“ Ich bedankte mich bei ihm und ließ mich auf meinem weiteren Weg ein Stückchen vom Admiral begleiten. Was für ein Tag, mit einer dieses Mal eher traurigen Begegnung mit einem verletzten Admiral.

Ich warf nochmals einen Blick auf das geschlossene Tor und erschrak, als sich eine große, hässliche, fette Krähe auf das Tor setzte und wie ein Wächter darauf hin und herging. Mit ihrem scharfen Blick schaute sie mich an, als dürfte niemand mehr den Friedhof betreten. Ihr Anblick wirkte unheimlich und bedrohlich auf mich. Erst der verletzte Schmetterling und jetzt dieser schwarze, hässliche Wächter.

Seit dieser Zeit beobachtete ich, dass bei meinen weiteren Besuchen kein Admiral mehr weit und breit zu sehen war. Ich dachte jedoch, dass in den wärmeren Monaten wieder alles gut werden würde.

Ein neues Erlebnis

Seit Jahren träumte mein Mann von einer Seereise zum Nordkap. Er ist ein viel gereister Mensch und ständig auf der Suche nach etwas Besonderem. Zu meinem siebzigsten Geburtstag wäre diese Traumreise doch genau das Richtige. Lange Zeit hatte er alles geplant und vorbereitet. Als Segler liebte er das Meer und die See, sowie immer neue Herausforderungen, die ihm viel Freude bereiteten. Er wusste, dass ich lieber an Land, als auf einem Schiff Urlaub machen würde, deshalb plante er genügend Landausflüge ein, um mir die Reise so schmackhaft wie möglich zu machen. Ich wünschte mir ein kleineres Schiff der Hurtigruten, weil ich auf größeren Schiffen schon mehrfach die Orientierung verloren hatte und so auch die Lust an Seereisen. Jetzt wollte mir mein Mann alles so passend und schön gestalten, dass auch ich wieder Freude an der Seefahrt bekam.

Bis zur Abreise war noch gut eine Woche Zeit, aber nur noch zwei Tage bis zum fünfzigsten Geburtstag meiner Tochter Sabine. Zum Glück konnte ich ihr noch vor unserer Seereise gratulieren.

Anfang Juli war das Wetter außerordentlich schön. Am Vormittag besuchte ich die anonyme Wiese in Mombach. Ähnlich wie in Hechtsheim, fielen mir mal wieder die beiden Tafeln mit der Nummer siebzehn und achtzehn auf. Ständig hatte ich ein Gefühl, dass meine Iris nicht hier sei. Hier steht nur ein Kirschbaum mit einer grünen Plakette und meinem Geburtsdatum 14.7.

Kurz darauf begab ich mich zum Friedhof nach Hechtsheim, um zu sehen, ob mein Admiral wieder auftauchen würde. Seit April war ich ihm nicht mehr begegnet. Und tatsächlich war er wieder da, strotzend vor Gesundheit. Er flog direkt auf meine Hand, zutraulich wie in den anderen Jahren.

Seit dem letzten Jahr hat kein Admiral mehr die bekannten Stellen angeflogen. Ich war gespannt auf etwas Neues. Mit meiner Vermutung hatte ich recht, der Admiral lockte mich auf eine andere Fährte: Gegenüber, auf einem mit wunderschönen Blumen bepflanztem Grab blieb er am Anfang längere Zeit sitzen. Das gab mir Zeit und Gelegenheit, ihn zu fotografieren und auf den Namen des Grabsteins zu blicken. In großen Buchstaben stand dort „Köhler“, der Nachname von Iris' Schwester Sabine. Was mein Admiral damit bezweckte, wurde mir sofort klar: Iris war schlau, ich war sprachlos wie nie. Heute wurde ihre Schwester Sabine fünfzig Jahre alt! Als hätte er die gleichen Gedanken wie ich: Schau her Mama, ich denke an meine Schwester und diese Blumen sind für sie.

Vor Rührung und Sehnsucht nach meiner Iris weinte ich und wünschte mir nichts sehnlicher, als dass sie wieder bei uns wäre. Gleich nach diesen so emotionalen Momenten lockte mich der Schmetterling immer näher auf die andere

Seite des Wegs. Er führte mich durch einen Busch und tatsächlich zu dem Stein mit dem Namen „Barth“. Normalerweise kam mein Schmetterling nie zum zweiten oder dritten Mal an eine Stelle, die ich bereits kannte. Noch ahnte ich nicht, was sich dort gleich abspielen würde. Er ließ sich oben auf der Kante des Steins nieder und wartete, als wollte er etwas herbeizaubern. Gleich darauf geschah etwas so Seltsames, das mir den Atem stocken ließ: In Sekundenschnelle tauchte ein großer Schwarm von Admiralen in Augenhöhe direkt vor mir auf. Abwechselnd reihten sie sich von einer Seite zur anderen, als tanzten sie einen Reigen. Kaum konnte ich das, was hier gerade passierte, glauben. Es ging so schnell, dass ich nicht mal ansatzweise dazu kam, diese Tanzeinlage der Admirale auf meinem Fotoapparat festzuhalten.

Innerhalb von Sekunden war ich einem Schauspiel ausgesetzt und freute mich, am richtigen Tag und zur richtigen Zeit hier zu sein. Heute war ein besonderer Tag: Heute wurde meine Tochter Sabine fünfzig Jahr alt. Ich hätte schwören können, dass es mindestens fünfzig Admirale waren und die Tanzeinlage dem Geburtstag meiner Sabine galt. Für mich war dies ein Geschenk von Iris an ihre Schwester!

Mich konnte so leicht nichts erschüttern, aber es musste etwas zwischen Himmel und Erde geben, was niemand erklären konnte. In der ganzen Zeit hatte ich gelernt und beobachtet, wie sich mein Admiral verhielt und ich brauchte nicht lange, um zu verstehen, was er meinte.

Blitzschnell löste sich der Schwarm auf. Nur ein Admiral, der sich in meiner Nähe aufhielt, blieb zurück. Er saß genau da, wo er vor dem Tanz der Admirale auch war, auf dem Stein mit seinem Nachnamen „Barth“. Ich konnte mir außer meiner Iris keinen anderen Admiral vorstellen, der mir ebenfalls etwas zeigt, was nur für meine Augen bestimmt war. Um das herauszufinden, begann ich wieder zu flüstern: „Wenn du wirklich meine Iris bist, flieg bitte auf deinen Nachnamen Barth. Bitte, bitte noch das eine Mal!“ Als hätte er alles, aber auch alles, genau verstanden, umschwirrte er plötzlich den Stein und flog direkt auf den Namen „Barth“.

Zwischen den Buchstaben „A“ und „R“ ließ er sich nieder. Die wunderschönen Farben seiner Flügel erhellten sogar diesen grauen Stein, und die Sonne strahlte, als hätte man sie für dieses Erlebnis bestellt. Er wirkte wie ein Modell, ließ sich von allen Seiten fotografieren und bewundern, als wollte er sagen, „Hallo Mama, ich bin deine Iris …“ Was kann es noch Schöneres geben?

Wie viel Freude hat mir mein Schmetterling Iris in diesen drei Jahren schon bereitet! Ich war so stolz auf meine heutigen Erlebnisse, die bestimmt noch niemand so hautnah wie ich erlebt hatte. Welch ein wertvolles Geschenk an ihre Schwester Sabine, und das an ihrem fünfzigsten Geburtstag!

Die Schmetterlingsflüsterin

Mir fiel eine Karte mit dem Bild eines Schmetterlings ein, die Sabine mir in diesem Jahr mit den Worten zum Muttertag schenkte: „Du bist jetzt meine Schmetterlingsflüsterin!" Wie recht sie doch hatte. Heute noch, im dritten Jahr, wende ich dieses leise Zuflüstern an, – bisher hat es fast immer gewirkt!

Ein Herr, der das Grab gegenüber pflegte, hat das Schauspiel mit angesehen. Er war von alledem fasziniert und beeindruckt. „Hier gibt es bestimmt einige Schmetterlinge", sagte er, aber so ein Schauspiel habe er im Leben noch nicht gesehen. Meine Geschichte interessierte ihn, weshalb er sich Zeit nahm, um sich mit mir einige der Stellen anzusehen, zu denen der Admiral mit mir und für mich angeflogen hatte. Fassungslos wollte der Herr nun sehr schnell nach Hause, um seiner Frau darüber zu berichten.

In diesen drei Jahren geschah es häufig, dass Menschen, die mich mit meinem Admiral beobachtet haben, Interesse zeigten. Oft sprachen sie mich an, ob es etwas Neues zu berichten gäbe. Dann erzählte ich ihnen ganz stolz, dass ich ein Buch über diese ungewöhnlichen Erlebnisse schreiben möchte. Gern hörte ich, wenn diese Menschen an mich und meine Geschichte glaubten, da sie teilweise vieles mit mir gesehen und erlebt hatten. Sie machten mir Mut fürs Schreiben und wünschten mir Glück. Viele darunter werden sich in diesem Buch an mich und meinen Schmetterling erinnern.

Auch „Herr Andy", ein langjähriger Freund des Professors, unterhielt sich gern mit mir über Begegnungen, die für manche Menschen ungewöhnlich waren, und die oft verschwiegen wurden. Es waren einige wirklich unglaubliche

Geschichten darunter, doch ich glaubte ihm alles. Wie gut, dass sich Menschen begegnen, die Ähnliches erlebt haben und sich darüber austauschen können.

Für mich spielten die Menschen, denen ich auf dem kleinen Friedhof in Hechtsheim begegnet bin, eine große Rolle. Ohne sie würde sehr viel in meiner Geschichte fehlen. Vielen Dank dafür, dass Sie an mich geglaubt haben!

Sabine fühlte sich an ihrem Ehrentag nicht besonders wohl, ich wollte sie mit meiner wunderbaren Geschichte von heute aufmuntern, ein Geschenk, das ihr ihre Schwester Iris geschickt hatte. Sabine hörte mir jetzt aufmerksam zu. Wie angenehm das für mich war, brauche ich niemanden erzählen. Alles, was von Ihrer großen Schwester kam, berührte sie.

Spontan fiel mir eine ähnliche Geschichte vom Oktober 2014 ein. Ich konnte meinem Chef ein ebensolch schönes Geschenk zum Geburtstag machen. Nie werde ich dieses Erlebnis vergessen, als ein Admiral vor seinem Haus auf der Hecke saß und er ihn mit Freude betrachtete.

Einen Tag später trafen sich Sabine mit ihrer Tochter Angelina bei mir. Wir wollten Sabines Geburtstag nachfeiern. Mit einem Eisbecher und mit allem, was dazugehörte, verwöhnte ich die beiden. „Heute ist wieder schönes Wetter“, sagte ich, „bestimmt wird sich mein Admiral Iris für uns zeigen.“ Ich hoffte so auf ein Wiedersehen mit ihm, zumal ich endlich meine Tochter und meine Enkelin mit dabei hatte.

Angelina

Angelina hatte zu ihrer Tante Iris eine besondere Beziehung und einige Ähnlichkeiten mit ihr, was sie gerade jetzt beschäftigte. Es lagen seit Anfang des Jahres auch auf ihr sehr große Schatten, da es sich herausgestellt hatte, dass sie, ebenso wie Iris, an einer starken Depression litt. Auf meine Frage, ob ich über ihre Geschichte schreiben dürfte, antwortete sie mit ihrer wohltuenden Offenheit: „Aber Oma, deine Geschichte wäre ja nicht vollständig ohne meine, und ich möchte, dass du sie erzählst!“

Wie viele Menschen berichten über ihr Schicksal, daher ist es gut, wenn man heute darüber redet. Hut ab vor der Courage meiner Enkeltochter Angelina! In solchen Momenten kann man die Tränen nicht mehr aufhalten. Das hatte ich nicht erwartet, und ich bin stolz, dass Angelina sich und anderen Menschen Mut macht, offen mit ihrer Krankheit umzugehen und darüber zu reden.

Ihre Schulabschlüsse waren immer sehr gut. Nach ihrer Ausbildung zur Apotheken-Fachkraft mit drei Jahren Lehrzeit machte sie eine weitere Lehre als Fachverkäuferin im Tierhandel. Es waren zwar nicht ihre Traumberufe, aber was sie anpackte, hielt sie bis zum Ende durch. Ihr Wille, nicht nur gut, sondern sehr gut zu sein, spornte sie immer mehr an. Was ich wirklich an ihr schätze: Sie war allem gegenüber offen, wissbegierig, fleißig, zuverlässig, ausdauernd, hilfsbereit, und ein ganz fröhlicher, liebenswerter Mensch. Das war meine Angelina.

Vor einigen Jahren merkten wir jedoch, dass sie sich stark verändert hatte. Sie wechselte sehr oft ihren Arbeitsplatz, um sich neu zu orientieren. Ihr Wissensdurst war unermüdlich. Sie lernte in den unterschiedlichsten Berufen. Das war harte Arbeit, zugleich kostete es aber auch viel Kraft. Es fiel ihrer Mutter, später auch mir auf, dass Angelina immer kraftloser wurde wie der Schmetterling.

Sie schämte sich, Fehler zu machen. Das war ihr peinlich und für sie nicht akzeptabel. Nie hatte sie über Urlaub geredet, obwohl sie ihn ganz nötig gebraucht hätte. Keinem konnte sie erklären, was wirklich mit ihr los war. Wenn ich sie manchmal von der Arbeit abholte, sah ich, wie traurig und hilflos sie wirkte. Auch hatte ich sie nie so weinen gesehen. Sie zog sich von uns allen zurück. Es tat ihr jedoch gut, wenn ich von Zeit zu Zeit für sie da sein konnte. „Alles wird gut, mein Schatz, ich werde beten und meine Engel sind ja auch noch da!“, daran glaube ich. Hatte der verletzte Schmetterling etwas mit dieser Botschaft zu tun? Und spielte hier meine Haselnuss eine Rolle?

Dass Angelina schon seit Längerem in psychiatrischer Behandlung war, verschwieg sie uns. Niemanden wollte sie mit ihren Problemen belasten. Vor allem nicht ihre Mutter Sabine. Diese hatte noch genug mit dem Verlust ihrer Schwester Iris zu tun, die ganz ähnliche Probleme und Symptome hatte. Heute können wir jedoch wir über alles sehr offen reden, das ist gut so. Angelina nimmt heute jede Hilfe an und ist guter Dinge.

Sie hatte es nicht weit bis nach Mombach. Hier auf der anonymen Wiese besuchte sie ihre Tante Iris, hier war sie allein mit ihr, und wer könnte ihr jetzt besser zuhören als Iris? Nur sie konnte Angelina wirklich verstehen. Ich bin glücklich, dass sie sich mit ihrer Tante immer sehr gut verstanden und einen Platz in ihrer Nähe gefunden hat, an dem sie ihr Herz ausschütten kann. Wieder ein Zufall, der keiner ist!

Fortsetzung: Tagebuch

Heute wollten wir drei Frauen etwas Schönes erleben und einfach fröhlich sein. Bei diesem Wetter hatte ich große Hoffnung, dass wir unserem Admiral begegnen würden. Das Schicksal meinte es besonders gut mit uns: Mit einer kleinen Anstrengung bergauf, hatten wir es bis vor das Friedhofstor geschafft. Jetzt täte uns nochmals ein großer Eisbecher gut, sagten wir einstimmig, doch die Freude darüber, wie wir vom Schmetterling empfangen wurden, ließ uns alles vergessen: Die Emotionen, die dieser kleine Admiral in uns auslöste, war ein Geschenk des Himmels! Verrückt, aber wahr, kam er uns flatternd entgegen, sodass wir wirklich glaubten, unsere Iris sei bei uns. Meine Gefühle zu ihm waren unverändert: Er war es, mein Admiral-Iris!

Zuerst zeigte ich den beiden die Grabstätte „Köhler" mit dem schönen blumenbepflanzten Beet. Danach die Stelle, an dem mir der Tanz der Admirale vorgeführt worden war. Wir merkten, dass der Schmetterling ständig in unserer Nähe war. Bevor wir uns dem Barth-Stein näherten, saß er schon am Boden vor der Grabstelle. Angelina kniete sich nieder und streichelte sanft über seine Flügel, was er sich gern gefallen ließ.

Was sollten wir drei dazu sagen? So etwas gibt es nur im Film, dachte ich, oder noch besser, man sollte diese Geschichte verfilmen. Meine Sabine überzeugte sich selbst von dieser unglaublichen Zutraulichkeit und war ebenfalls überwältigt von dieser Überraschung und der ganz besonderen Begegnung mit unserem Schmetterling Iris. Vergnügt und zufrieden gingen wir ein Stückchen in Begleitung unseres Schmetterlings.

Selbst nach diesem großen Erlebnis hatte ich immer noch das Gefühl, dass meine Geschichte noch nicht zu Ende war.

Norwegen

Ich hatte noch ein paar Tage Zeit zum Koffer packen, bald sollte unsere Traumreise losgehen. Vorher musste ich mich aber noch um meinen Professor kümmern. So lange hatte ich ihn noch nie allein gelassen, zum Glück war sein Sohn Ralf zur Stelle. Ein vertrauter Händedruck machte mir den Abschied etwas leichter.

„Tschüss, bis bald, und passen Sie gut auf sich auf!“, sagte ich, und seine schönen wasserblauen Augen glänzten und verrieten mir, dass er mir das Gleiche wünschte. Ich drehte mich zu ihm um, umarmte ihn und drückte ihm einfach einen Kuss auf die Wange. Jetzt ging es mir schon viel besser, und außerdem würden wir telefonieren können, tröstete ich mich.

Von allen Reisen war diese wirklich die schönste, die mein Mann und ich erleben durften. Alles war so eindrucksvoll und ließ mich rundherum vieles vergessen. Es war genau so, wie es mir mein Mann versprochen hatte. Nach sieben Tagen hatten wir 2500 Kilometer hinter uns. Pünktlich am 14. Juli sind wir bei Kälte und Sturm glücklich aus dem Bus am Nordkap ausgestiegen. Es ergab sich, dass wir neben mir einem weiteren Geburtstagskind hier oben am Nordkap begegnen durften. Später auf dem Schiff konnten wir zusammen mit einem Gläschen anstoßen. Wir lernten das Ehepaar aus München auf der Rückfahrt näher kennen. Dabei erfuhren wir, dass wir in Bergen unbedingt den sehenswerten Fischmarkt besuchen sollten.

Eine Woche später legte unser Schiff wieder in Bergen an. Nach der Ankunft wurde uns ein Hotel direkt am Hafen zugewiesen. Als ich den Namen des Hotels las, wurde ich vor Freude überwältigt. In großer schwarzer Schrift stand dort „Hotel Admiral“. Wieso hieß es gerade Admiral? Mein Mann gönnte mir diesen Glücksmoment.

„Wieder ein Zeichen“, dachte ich. Vielleicht war es ein verspäteter Glückwunsch aus Mainz, von meinem Admiral Iris?

Überall wurde ich an sie erinnert und mir fiel der Satz ein, den Iris mir so manches Mal gesagt hatte: „Mama, lebe!“ Wer würde mich hier verstehen und mir das glauben? Ich war so begeistert und neugierig, was mich in diesem Hotel noch erwartete. Als wir unser Zimmer betraten, strahlten uns bunte Farben entgegen. Schwere, kostbare Gardinen umrahmten die hohen Fenster. Auf dem Bett lagen viele wertvolle und abwechslungsreiche farbenfrohe Kissen. Es war wie in einem Märchen. Mir tat es leid, dieses Bild von Tausend und einer Nacht zerstören zu müssen. Das Bett war so dick und hoch, dass ich dachte, die Prinzessin auf der Erbse zu sein. Von hier aus konnten wir bei herrlichem Sonnenschein einen wunderbaren Blick auf die Altstadt und den Hafen von Bergen werfen.

Ich wollte nur noch dem lieben Gott danken und ihn bitten, dass der Traum noch recht lang anhalten würde. Diese einzigartige Seereise, verbunden mit diesem Hotel „Admiral“. Das war wie ein Traum für mich.

„Diese Überraschung ist dir aber wirklich gelungen“, sagte ich scherzhaft zu meinem Mann. Ich würde wetten, er hätte dieses Hotel, wenn er es im Voraus gewusst hätte, wirklich für mich gebucht. Deshalb wollte ich mich noch einmal bei ihm für diese schöne Reise mit allen Erlebnissen und gewaltigen Eindrücken bedanken – mein Geburtstagsgeschenk!

Wir besuchten die Sehenswürdigkeiten von Bergen und verabschiedeten uns am nächsten Morgen bei schönstem Sommerwetter auf der Terrasse vor dem Hotel Admiral von einem Ehepaar, das wir auf der Reise kennengelernt hatten. Wir tauschten unsere Erfahrungen aus und schwärmten ausgiebig von unseren Erlebnissen.

In diesem Moment tauchte vor mir ein echter Admiral auf und flatterte in Augenhöhe an mir vorbei.

„Habt ihr auch diesen Schmetterling gesehen?“, fragte ich. Sie nickten mir zu, als wäre es das Selbstverständlichste auf der Welt. Uns blieb keine Zeit, darüber nachzudenken oder zu reden.

Gerade hier habe ich einen Admiral vor unserem gleichnamigen Hotel vorbeifliegen sehen! Hier in Bergen, im hohen Norden, wo ganz selten die Sonne scheint und es nicht oft so warm ist wie heute. Hier, wo es unruhig und sehr laut ist – mit den vielen Reisebussen, Touristen, Autos und Schiffen? Wie sonderbar war diese Begegnung hier?

Wieder einmal bemerkte ich, dass nur ein einziger Admiral zu sehen war. Ich war froh über dieses unbeschreibliche Glück, hier in Norwegen. Durch das Hotel Admiral sollte ich mein nachträgliches Geburtstagsgeschenk und seine Grüße an mich erkennen und in Erinnerung behalten. Hallo, Mama, am Nordkap war es mir leider zu kalt …

Ich drehte mich um und warf noch einen Blick zurück, dorthin, wo ich gerade noch gesessen hatte. So plötzlich, wie er gekommen war, war der Admiral wieder verschwunden, als sei er nie da gewesen. Eine weiße Feder flatterte an meinem Stuhl vorbei, vom Wind getrieben. In Gedanken bei meiner Mutter und mit einem Lächeln auf den Lippen, leicht wie eine Feder zu sein, verabschiedete ich mich von der schönen Stadt Bergen.

Noch während des Fluges schwelgte ich in einer anderen Welt und wollte meine Begegnung mit meinem Admiral weiter auskosten. Ein Geschenk meiner Tochter Iris. Ein Märchen nur für mich? Kein Märchen, alles hat sich so zugetragen.

Zu Hause angekommen, erwartete mich nachträglich eine schöne Geburtstagsüberraschung. Sabine hatte die Wohnung mit Papierschlangen und Blumen geschmückt. Auf dem Tisch stand ein großer Korb mit 70 bunten Rosen und ausgefallenen Geschenken. In der Küche war ein sehr appetitliches Abendbrot vorbereitet, das wir mit Genuss zu uns nahmen. Was für ein liebevoller Geburtstagsgruß und gleichzeitig fröhlicher Start in den Alltag!

Ich hatte so viele schöne Erinnerungen aus Norwegen mit nach Hause genommen und wollte sie so schnell wie möglich allen erzählen. Mein Chef freute sich besonders, dass ich wieder für ihn da war, und wartete gespannt auf meinen Bericht. Wie immer fand er alles interessant, was mit Reisen zu tun hatte, und so gehörte natürlich auch mein total verrücktes Erlebnis aus Bergen dazu.

Ende der Geschichte?

Das muss ich als mögliches Ende meiner Geschichte schnell zu Papier bringen, damit ich es als Manuskript noch rechtzeitig meinem Chef zu seinem 95. Geburtstag überreichen kann. Ein Geschenk, worüber er sich wirklich sehr freuen würde. Angetan von meinen Erzählungen, hat er bereits früher mit den Worten gedrängelt: „Na, wie lange dauert es denn noch?"

Ich hatte noch zwei Monate Zeit, um herauszufinden, ob dieses Erlebnis in Bergen wirklich das Ende meiner Geschichte sein soll.

Es gibt Tage oder auch Wochen, an denen man keinen einzigen Satz zu Papier bringt. Da hilft nur Ablenkung, mal wieder auf Entdeckungsspaziergänge gehen oder Fahrrad zu fahren.

Meine Erlebnisse vom April gingen mir nicht aus dem Sinn. Als ich meine Hände von mir streckte und nach meinem Schmetterling Ausschau hielt und ein Admiral aus heiterem Himmel erschien und verletzt auf meinen Ring mit der Acht flog, das war geradezu sehr ungewöhnlich. Danach sah ich die dicke, hässliche schwarze Krähe, die auf dem geschlossenen Friedhofstor hin- und herlief. Sollte das etwa eine traurige Botschaft sein? Ich konnte mich auf meine Gefühle und die von meinem Schmetterling verlassen.

„Achte auf Zeichen", sagte ich mir, ich muss nur die Augen aufmachen und auch die kleinen Dinge wahrnehmen. Mein Wille, an das Schöne zu glauben, war stark genug. Deshalb war ich immer froh, wenn es uns allen gut ging und besonders meiner Angelina und dem Professor.

Ende August hatte mein Chef wieder einmal einen Termin in der Uni-Klinik. Bei meinem Besuch dort teilte er mir mit, dass er in drei Wochen noch einmal in die Klinik zu einer weiteren Operation müsse. Sein trauriger Blick verriet mir, dass es ihm nicht behagte, darüber zu reden, jedenfalls könnte er zunächst etwas früher als geplant nach Hause. Ich versuchte, ihn mit dem Gedanken an die Planung seiner Feier zum 95. Geburtstag abzulenken.

Seine Antwort, die ich nicht von ihm gewohnt war, gab mir Rätsel auf. „Vielleicht feiere ich gar nicht oder nur im ganz kleinen Rahmen zu Hause", sagte er zögerlich. Unser Gespräch wurde immer ruhiger und es war gut, dass im gleichen Moment sein Abendbrot kam. Ich bemerkte, wie lieblos sein Essen aussah und dass er sich nach zu Hause sehnte, wo ich ihn wieder verwöhnen konnte. Gemeinsam freuten wir uns auf die Zeit, an dem er wieder in alter Frische in seinem Reich sein konnte.

Überraschenderweise saß er am nächsten Morgen bereits wieder freudestrahlend und aktiv wie immer an seinem Schreibtisch. So gefiel er mir, und er fragte mich wieder einmal, wie weit ich mit meinem Buch sei. „Ich werde mich bemühen, es so schnell wie möglich fertigzustellen", antwortete ich.

Mit dem Gartenschlauch goss ich noch die Blumen auf der Terrasse. Ich sah einen wunderschönen Regenbogen und zur gleichen Zeit viele weiße Schmetterlinge, die aus einem Fliederbusch huschten. Das konnte nur ein gutes Zeichen sein, was ich noch schnell meinem Professor zur Aufheiterung erzählen musste.

Die Geschichte geht doch weiter

Nach einer längeren Auszeit und bei noch warmem Septemberwetter zog es mich abermals zum kleinen Friedhof. Noch in Gedanken, wie schön es in unserem Urlaub war und wie mich in Bergen sogar ein Admiral nachträglich zu meinem Geburtstag überrascht hatte, dachte ich, dass es eigentlich ein gutes Ende meiner Geschichte gewesen. Es sollte sich jedoch alles schlagartig ändern.

Angekommen vor dem Tor, bemerkte ich eine kleine Unruhe in mir. Kein Admiral begrüßte mich wie sonst, das machte mich doch etwas traurig. Ich wollte aber nichts unversucht lassen und streckte nach alter Gewohnheit meine Hände von mir, um meinen Admiral etwas zuzuflüstern. Es war unheimlich still um mich, und mein Admiral blieb weg. Auf dem Friedhof lief ich die Strecken ab, die er sonst in all den drei Jahren angeflogen kam. Auch hier zeigte sich kein einziger Schmetterling. Ich bekam leichtes Herzklopfen. Auf einmal wollte ich es nicht wahrhaben, dass meine Geschichte zu Ende sein sollte und lief zurück vor das Tor.

Gänsehaut war immer ein Zeichen, dass er in meiner Nähe war: Aber wo? Ich schaute hinter die Orientierungstafel, dort steht eine Eibe, in der er oft saß, vielleicht war er auch vor mir am Boden oder an der Eingangstür zum Friedhof.

Nichts war zu entdecken, bis ich hinter den beiden länglichen großen Steinen nachsah. Endlich hatte ich den Admiral gefunden, er sah aus, als hielte er ein Mittagsschläfchen. Die Sonne strahlte wieder einmal die Farbenpracht in seinen Flügeln an, und ich beugte mich vorsichtig zu ihm hinunter. Das trockene Gras um ihn ließ mich erkennen, dass mit ihm etwas nicht stimmte. Mit einem Grashalm versuchte ich, ihn zu berühren, und musste feststellen, dass er leblos vor mir lag. An ein solches Ende hätte ich in meiner Geschichte nicht geglaubt, aber warum sollte ich nochmals hierherkommen? Ich hob ein grünes Blatt auf und legte meinen Admiral vorsichtig darauf. Er war von der Sonne ganz ausgetrocknet und steif. Meine Idee, ihn hier beim Barth-Stein zu beerdigen, wischte ich schnell wieder fort: Ich konnte es einfach nicht übers Herz bringen, ihn hier zurückzulassen. Als Erinnerung für die schönen Erlebnisse ging ich mit ihm an die Stellen, die er mir gezeigt hatte. Behutsam legte ich ihn überall dort hin und machte Erinnerungsfotos.

Spontan blieb ich mit meinem Admiral vor dem großen Baum mit der Plakette 18 stehen. Davor stand auch der kleine Stein mit der gleichen Nummer. Ich dachte an meine Mutter und fragte mich leise, was ich mit meinem Admiral machen sollte. Gleichzeitig sah ich auch, dass das Blatt, auf worauf ich meinen Admiral gebettet hatte, von genau diesem Baum stammte.

In den Sekunden danach spielte sich etwas Traumhaftes vor diesem Baum und meinen Augen ab: Eine kleine weiße Federwolke kam auf mich zu, als würde meine Mutter sie aus ihrer Hand zu mir pusten. Ein neues Zeichen für mich von meiner Mutter. Ich bedankte mich bei ihr und wusste in diesem Moment, was ich tun sollte. Es waren ganz junge und weiche Federn, die ich aufhob und damit meinen Admiral zudeckte. Die Worte „leicht wie eine Feder" holten Emotionen jeder Art in mir hervor und brachten mich zum Weinen. Danke, Mama.

Ein wertvoller Schatz in meiner Hand

Erst jetzt kam mir die Idee, dass ich alle Gegenstände, die ich auf dem Stein gefunden hatte, zu Hause aufbewahren konnte. Es war mein Admiral, der noch fehlte, den ich heute zu meinem Schlüsselanhänger und der Haselnuss legen würde. Zufall? Nein, alles hatte sich so zugetragen. Vielleicht war dieser tote Schmetterling gar nicht mein Admiral Iris, sondern nur das dritte Symbol für meine Geschichte? Hatte ich diese Haselnuss geknackt?

Ich hatte eine Kristallschale mit einem Glasdeckel zu Hause. Da hinein wollte ich meinen Admiral geben. Er lag in meiner linken Hand auf dem Blatt, umgeben von weißen kleinen Federn.

Vor mir stand das Foto mit meinen drei Kindern aus der Dumont-Straße (siehe S. 98), und davor lag der Lederschmetterling, den ich gefunden hatte. Bevor ich noch die Glasschale öffnete, löste sich eine der kleinen weißen Federn vom Admiral und setzte sich auf diesen Lederschmetterling vor dem Bild meiner drei Kinder. Bis heute hängt sie daran, ohne dass ich etwas dazu beigetragen hätte.

Alle diese unglaublichen Ereignisse und Erlebnisse habe ich in Fotos festgehalten. Seltsam ist nur, dass an meinem Admiral aus Leder die Feder am rechten unteren Flügel hängen blieb und mein verstorbener Admiral am rechten unteren Flügel verletzt ist. Mich erinnerte es an die erste Begegnung im April mit einem auch am rechten Unterflügel verletzten Admiral. Drei gleichermaßen verletzte Admirale – das war schon sehr seltsam.

Sky und Iris

Der September schenkte uns noch viele warme Sommertage. Die Wahrscheinlichkeit, bei weiteren Besuchen unseren Admiral Iris zu sehen, war groß. Selbst mein Chef ertappte sich dabei, nach Schmetterlingen Ausschau zu halten, und er machte mich darauf aufmerksam, wenn er auf seiner Terrasse einen oder mehrere weiße Schmetterlinge sah. Das war für mich ein sehr gutes Zeichen, auch wenn kein Admiral dabei war.

An einem dieser Tage sollte mein Enkel Sky nach längerer Zeit einmal wieder bei uns übernachten. Ich freute mich auf seine Späßchen und die gute Laune, die er stets mitbrachte. Bei Oma Heidi und Opa Jürgen ließ er es sich gern gut gehen. Hier konnte er mit Opa Schachspielen, was er mit seinen neun Jahren gut und schnell gelernt hatte. Auch meine Iris hatte ihren Neffen geliebt. Liebevoll fertigte sie ihm noch vor seiner Einschulung einen großen Stundenplan an, der noch heute, nach drei Jahren, über seinem Schreibtisch hängt, mit einem Foto von seiner Tante Iris.

Es war bereits eine Weile her, dass Sky mit mir das letzte Mal meinen Admiral erlebte. Wir beide fanden die Idee gut, mal wieder nach einem Schmetterling Ausschau zu halten. Ich hoffte so sehr, meinen Admiral vom Juli noch anzutreffen.

Wir machten uns auf den Weg zum kleinen Friedhof. Schon vor dem Tor zeigte sich ein Admiral, als hätte er uns erwartet. Er schien sich wirklich darüber zu freuen, uns hier auf seine Art und Weise überraschen zu können. Ganz zutraulich begleitete er uns durch das Tor, als wäre es das Selbstverständlichste von der Welt, und er hatte sich etwas Fröhliches ausgedacht: Er flog auf den Kopf der Marienstatue, die dicht neben dem Stein mit der Aufschrift „Barth“ steht.

„Das kann nur meine Iris sein“, sagte ich zu Sky, der dieses Schauspiel sehr lustig fand. Ich wollte sicher sein, und flüsterte dem Admiral zu: „Wenn du meine Iris bist, dann fliegst du auf den Stein „Barth.“ Das tat er dann auch.
Sky durfte ihn mit dem Zeigefinger und einer Feder berühren, was sich unser Admiral sehr gern gefallen ließ. Wir machten eindrucksvolle Fotos und dachten uns immer neue Ziele aus, die er anflog. Der Falter fand offensichtlich Freude daran, immer wieder in der Nähe von Sky zu sein und ihn spielerisch zu necken. Für mich war dies einmal mehr das Zeichen der Liebe meiner Iris zu den Kindern ihrer Schwes-

ter. Ich war glücklich, dass unser Admiral Iris wieder bei uns war. Die Freude darüber konnte ich heute mit Sky ganz allein teilen. Wir sprachen noch lange an diesem Nachmittag über den Spaß mit unserem Schmetterling Iris.

Vorbereitungen für unser Familienfest

Für die Feier meines siebzigsten Geburtstages und dem meines Mannes planten wir ein Familienfest. Dafür hatten wir etwas ganz Besonderes gefunden: die Elsenburg über Kaub am Rhein. Eine große Herberge, in der wir alle Platz hatten und einen wunderschönen Blick auf den Rhein mit der Insel Pfalz-Grafenstein genießen konnten. Elsenburg: Da drängte sich mir unmittelbar wieder der Gedanke an meine Mutter Else auf. Sie wäre sicherlich gern dabei gewesen, „leicht, wie eine Feder“ ...

Mein Ehrgeiz, dort alles farblich und passend zu gestalten, war geweckt. Da bin ich in meinem Element. Sabine machte mir Vorschläge zur Dekoration des Raumes, in dem das Fest stattfinden sollte. Sie sprach mit mir über fünf bis sechs Kienäpfel, die als Tischschmuck dienen sollten. Auch sollten fünf bis sechs mit Sand gefüllte Weckgläser mit je einer grünen Kerze und einer grünen Abschlusskordel dazugestellt werden. Sie wollte mit ihrem Sky weiterhin Dekorationsmaterial, welches der Herbst zu bieten hatte, in der Natur sammeln …

Auch ich ging hinaus, um die benötigten Kienäpfel (Kiefernzapfen) zu suchen. Selbstverständlich dachte ich auch an einen Rundgang über den Berg zu meinem Admiral.

So hielt ich einmal mehr nach ihm Ausschau und wurde nicht enttäuscht: Auf einem auffällig hellgelben Lindenblatt ließ er sich direkt vor meinen Füßen nieder. In voller Pose genoss er noch die warmen Sonnenstrahlen. Ich staunte nicht schlecht, mit welcher Gelassenheit ich Fotos von ihm machen durfte, als wäre es völlig normal, als Schmetterling Modell zu stehen.

Die Kienäpfel

Was ich jedoch anschließend mit ihm erlebte, wird mir wohl niemand mehr glauben: Während ich noch fotografierte, bemerkte ich, wie er auf die obere linke Kante des Friedhofstores flog. Dort blieb er so lange sitzen, bis ich mich ihm

näherte und ihm etwas zuflüsterte. Er wurde unruhig, so als hätte er etwas vor, auf das ich mich konzentrieren sollte. Plötzlich drehte er eine Runde, schoss an mir vorbei durch das

Tor und schwirrte scharf nach links um die Ecke. Ich reagierte sofort und folgte ihm. Bisher hatten wir beide noch nie das Vergnügen, uns auf dieser linken Seite zu treffen.

Zunächst musste ich ihn ein wenig suchen, aber ich fand nur einen zweiten Stein mit der Zahl 17, der von der Sonne angestrahlt wurde. Um ihn herum auf dem mit Moos bedeckten Boden lagen Kienäpfel. Ein Aufschrei der Freude und Verwunderung entfuhr mir. Vor mir lagen tatsächlich, wie gemalt und frisch hingelegt, fünf gleichmäßig gewachsene Kienäpfel. Das kann doch nicht wahr sein, sie lagen dicht und wunderschön im Sonnenlicht nebeneinander. Ich glaubte, zu träumen. Von keinem Baum, von keinem Ast konnten diese Kienäpfel so dicht nebeneinander auf einen kleinen Fleck gefallen sein. Wo war mein Admiral geblieben?

Weit und breit war niemand zu sehen, und niemand außer mir und meiner Tochter Sabine konnte gewusst haben, dass ich fünf bis sechs Kienäpfel benötigte. Mittlerweile würde ich es aber meiner Iris zutrauen, dass sie mir in Gestalt eines Admirals diesen Streich spielte. Ich suchte nach der Kiefer, von der diese Zapfen stammen könnte. Nur ein großer Baum stand in der Nähe. Um ihn richtig zu sehen, musste ich wieder vor das Tor gehen. Dort erblickte ich eine riesengroße Kiefer, aber wie sollten denn aus dieser unglaublichen Höhe fünf gleichmäßige Kienäpfel fallen und dicht nebeneinander landen? Weder mein Admiral noch ein weiterer Kienapfel war zu sehen. Ich ging zurück, um Fotos von diesem malerischen Stillleben zu machen.

Glücklich sammelte ich die Früchte auf und suchte nach Erklärungen.

„Iris, Schmetterling, was machst du mit mir?“, rief ich leise. Mit meiner Handvoll geschenkter Kienäpfel ging ich zum

Tor zurück. Da saß mein Admiral vor mir am Boden, ich beugte mich herunter zu ihm, so dicht ich konnte. Ich flüsterte: „Wenn du meine Iris bist, dann wüsstest du auch, dass deine Schwester von sechs Kienäpfeln redete!"
Bei diesem Wunsch musste ich über mich selbst schmunzeln, da die Annahme, dass gleich noch ein weiterer Kiefernzapfen da liegen würde, ziemlich bekloppt war. Ich musste mir das Lachen verkneifen. Wie gut, dass zu dieser Zeit niemand in meiner Nähe war. Blitzartig flog der Schmetterling abermals auf den linken Torpfosten, damit ich ihn beobachten sollte, drehte wieder eine Runde um mich und flog dann, wie vorhin, scharf nach links. Jetzt reagierte ich schneller und lief sofort an die gleiche Stelle. Wieder war kein Admiral in Sicht, aber es lag jetzt hier, wie von Geisterhand platziert, der gewünschte sechste Kienapfel. Genauso schön wie die anderen fünf lag er vor mir im Sonnenlicht. Mir fehlten zum ersten Mal so richtig die Worte. Es ist alles so unglaublich, dass es selbst mir langsam unheimlich wurde.

Gerade jetzt erfüllte mich eine unbeschreibliche Wärme in Gedanken an meine Tochter, die in Lebzeiten immer umsichtig, schnell und hellhörig war. Insbesondere wenn es darum ging, dass ich etwas verlegt oder vergessen hatte. Ihre fröhliche Neugier war nicht immer zielführend, hat mir aber oft geholfen.

Die Sonne schien an diesem Nachmittag noch, so hoffte ich, meinen Schmetterling noch einmal zum Abschied zu sehen. Er saß wieder vor dem Tor, umgeben von goldbunten Blättern, als würden sie sich den Farben seiner Flügel anpassen wollen.

Wie freute ich mich und sagte laut: „Das hast du aber besonders gut hinbekommen, meine Iris!" Stolz zeigte ich ihr die sechs Kienäpfel. Ja, ich redete mal wieder mit einem Schmetterling, wie es andere Menschen mit einem geliebten Haustier tun. Ich wollte vor Freude meine Tochter in den Arm nehmen und mich für dieses unglaubliche Geschenk bei ihr bedanken. Zuerst hielt ich dem Admiral meine Hand entgegen, beugte mich zu ihm hinunter und streckte ihm dann meinen Ringfinger mit der kleinen Acht auf der Billardkugel entgegen. Als hätte er nur darauf gewartet, mir ganz nahe zu sein, krabbelte er auf meinen Zeigefinger und auf die kleine Billardkugel. In aller Ruhe konnte ich mich mit ihm noch ganz leise unterhalten. Er war eben ein ganz besonderer Schmetterling, meine Iris.

Alfred und Ingrid … Else?

Die Zeit für unser Familienfest rückte immer näher. Anfang Oktober würde mein Professor seinen Geburtstag feiern. Seinen Wunsch, dass ich bis dahin mein Buch fertighaben sollte, würde ich ihm leider nicht erfüllen können, da noch zu viele weitere Ereignisse eingetreten sind, die aufgeschrieben werden mussten.

Ich war froh, es bis hierher geschafft zu haben, und hoffte für meine Geschichte und meinen Professor, ein wirklich gutes Happy End zu finden. Meine Gedanken kehrten oft zu meiner gefundenen Haselnuss zurück und mein Gefühl sagte mir, dass dies bisher noch nicht alles war.

Am Anfang meines Berichtes schrieb ich über meinen Cousin Alfred und seine Frau Ingrid. Alfred starb im August 2010, und die Frau Iris meines Chefs starb im März des gleichen Jahres. Leider war der Kontakt zu meiner Cousine Ingrid nach dem Tod von Alfred aus unerfindlichen Gründen eingeschlafen.

Mittlerweile sind seitdem sechs Jahre vergangen. Zu unserem Familienfest hatte ich Ingrid eingeladen. Wir hatten uns immer gut verstanden, und jetzt gab es so vieles zu berichten, über unsere Trauer und über meine besonderen Schmetterlings-Erlebnisse. Alles hatte im Februar 2010 mit ihrem Anruf angefangen – und mit meinem Arbeitsbeginn bei der Frau des Professors, Iris.

Vor dem Fest nutzte ich noch jeden wärmeren Tag aus, um meinen Admiral und die Namenstafeln meiner anderen Bekannten zu besuchen. Eines Tages wirbelte mir ein kräftiger Windstoß Laub ins Gesicht. Wie Schmetterlinge kamen mir die Blätter entgegen und flogen um mich herum. Leider war kein Admiral weit und breit zu sehen. So genoss ich es, nach meiner Arbeit bei diesem Spaziergang frische Luft zu tanken. Wie sehr erhoffte ich mir nochmals eine Begegnung mit meinem Admiral, denn um diese Zeit könnte es mit den Schmetterlingen bald zu Ende sein. Über jedes noch so kurze Wiedersehen wäre ich sehr dankbar gewesen.

Einmal wieder stand ich vor dieser für mich schönsten Stelle, die ich seit drei Jahren regelmäßig besuchte: dem Stein mit dem Nachnamen meiner Iris: Hier hatte ich die meisten Erlebnisse mit meinem Schmetterling. Hier erlebte ich mit Angelina, Sabine, Tamara und Sky hautnahe Berührungen, die einzigartig waren und die ich niemals mehr vergessen würde.

In frischer Herbstluft und in Gedanken vertieft, berührte mich etwas, was für mich nicht unbehaglich war. Eine Ahnung ließ mich nach rechts schauen, und so konnte ich meinen Schmetterling gerade noch am Ende des Weges erkennen. Er wollte wieder einmal Aufmerksamkeit erregen, damit ich ihm folgte. An dieser schattigen und kühlen Stelle hatte er sich noch nie gezeigt, wie sehr ich es mir auch gewünscht hätte. Doch in diesem letzten Abschnitt des Jahres hatte die Herbstsonne dafür gesorgt, dass der Iris-Schmetterling mich für einen Moment hierher gelockt hat, damit ich für meine Geschichte eine neue Entdeckung machen konnte.

Warum geschah dies erst jetzt? Ausgerechnet, als ich mit Cousine Ingrid nach sechs Jahren wieder Kontakt aufgenommen hatte? Es gibt keine Zufälle: Meine Iris hatte jetzt dafür gesorgt, mich zur letzten Ruhestätte von Alfred und Else zu führen und zu zeigen, dass sie unmittelbar gegenüber der Ruhestätte von Rudolf Baum lag. Hier begann meine

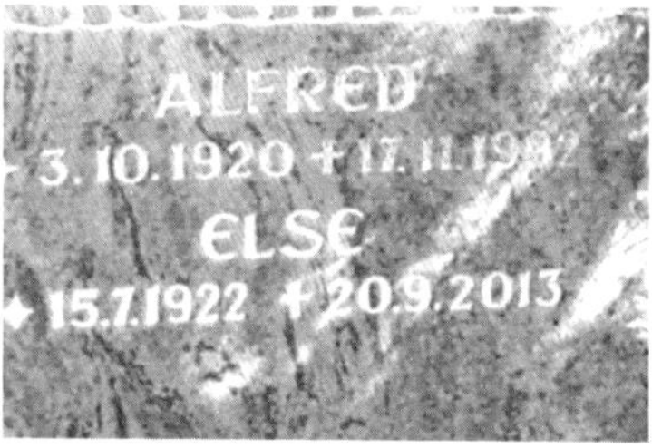

Geschichte mit meinem Admiral, ganz deutlich kristallisierte sich jetzt ein für mich begreiflicher Zusammenhang heraus: mein Mädchenname, Baum, der Name meines Cousins Alfred und meiner Mutter Else. Bei ihr stimmte sogar das Geburtsdatum: 1920. Alles war erstaunlich gleich, sogar das Sterbejahr 2013.

Vor zwei Jahren besuchte ich diese Grabstätte zum ersten Mal. Ich freute mich, jemand persönlichen kennenzulernen, dem diese Angehörigen nahe waren. Eine freundliche Dame kam schnell ins Gespräch mit mir. Wir tauschten gegenseitige Erlebnisse aus. Alfred und Else waren ihre Eltern, nur hatte sie einen weiteren Weg bis hierher und konnte nicht so oft zur Grabpflege kommen. Ich versprach ihr, nach den Blumen zu schauen. Irgendwann würden wir uns hier wiedersehen. Gegenseitig stellten wir uns noch mit unseren Namen vor. Froh über unsere neue Bekanntschaft sagte sie: „Ich bin die Ingrid." – „Wie merkwürdig", antwortete ich, „Ingrid? Sie heißen genauso wie die Frau meines Cousins Alfred. Das ist schon sehr eigenartig und witzig. Heidi Witzig ist mein Name." Wir mussten beide lachen.

Auf einmal fiel es mir wie Schuppen von den Augen. Else – Alfred – Ingrid. Alles ergab plötzlich einen Sinn. Mir schien, als wäre diese ganze Geschichte ein Puzzlespiel, das sich nach und nach zusammenfügte. Wieder Zufälle, die keine sind?

Die Haselnüsse

Überall lagen an dieser Ruhestätte Haselnüsse. Ein riesiger Haselnussbaum, den ich vorher nie bemerkt hatte, stand gleich daneben. In diesem dritten Jahr lag eine Haselnuss vor dem Eingangstor auf dem grauen Stein. Sollte ich jetzt die Haselnuss für das Ende meiner Geschichte im wahrsten Sinne des Wortes geknackt haben? Fast täglich trug ich sie in meiner Jackentasche und hoffte bisher auf eine Erklärung.

Ein Zeichen meines Schmetterlings Iris führte mich zu dieser Stelle, die sie sich für mich und meine Geschichte bis zu Ende aufgehoben hatte. Danach habe ich meinen Admiral länger nicht gesehen. Ich spürte, dass sich etwas verändern würde. Iris hatte in diesen drei Jahren alles gegeben, um mich glücklich zu machen. Sie zeigte und führte mich von Anfang bis zum Ende meiner Geschichte überall dorthin, an Orte, die nur für mich bestimmt waren und von denen nur sie wissen konnte.

Hier begann meine Geschichte mit einem Schmetterling. Ich gab ihm den Namen meiner Tochter: Iris. Vier wunderbare Menschen sind von uns gegangen, die mir zu meinem Buch verholfen haben. Heute sollte ich das letzte Zeichen von Iris bekommen.

Begegnungen unverhoffter Art

Kurz bevor der September zu Ende ging, besuchte ich noch einmal die Ruhestätten meiner Tochter Iris und die von Frau Iris K. auf der anonymen Wiese in Mainz Mombach. An einem warmen Tag füllte ich eine Kanne mit Wasser, um den Kirschbaum zu gießen. Dort entdeckte ich, dass sich die Baumplakette verändert hatte. Sie war jetzt viel größer und auffälliger als vorher.

„Oh wie schön“, sagte ich laut, „jetzt kann ich mein Geburtsdatum, der 14.7., noch schneller und besser lesen.

Seit langer Zeit hatte ich einen sehnlichen Wunsch: Überall begegnete mir im Laufe der Zeit ein Admiral, nur hier auf der anonymen Wiese war bis heute kein einziger Schmetterling zu sehen gewesen. Ich redete mit meiner Tochter und betete, dass sie überall dort sein würde, wo ich bin, und vielleicht wird eines Tages auch hier ein Admiral auftauchen. Warum nicht hier, wo zwei Menschen, die Iris heißen, ruhen? Das wäre in diesem Jahr das größte Geschenk für meine Geschichte.

Mit diesen Gedanken verließ ich die anonyme Wiese und spazierte zu der großen Bank, die mein Chef für die Allgemeinheit gestiftet hatte. Hier verweilte ich und konnte die Ruhestätte von Frau Iris, sowie diese ganze Wiese, bis hin zu meiner Tochter, sehr gut überblicken. Von hier aus ging ich nochmals an der Namenstafel meiner Iris vorbei und sah zu meiner Verwunderung, dass ein weißer Schmetterling mich auf etwas aufmerksam machen wollte. Er umschwirrte mich so lange, bis ich noch einmal zu dem Kirschbaum meiner Tochter ging. Ich traute meinen Augen nicht: Wie gemalt, saßen zwei Admirale nebeneinander, direkt unter diesem

Kirschbaum. Das gibt es einfach nicht, dachte ich. Eben war es noch ein lang ersehnter Wunsch von mir, und nun sitzen zwei Admirale, wie von Zauberhand platziert, vor diesem Baum, als gäbe es eine Telepathie zwischen Mensch und Tier.

Nichts ist unmöglich, das musste ich in diesen drei Jahren miterleben. Schnell zog ich mein Handy aus der Tasche, um dieses einzigartige Bild festzuhalten. Spurlos entfernte sich ein Admiral von hier und der andere blieb sanft und ruhig vor mir sitzen.

Gänsehaut! Ein gutes Zeichen, dass es sich vielleicht um meinen Admiral Iris handelte? Durch leises Zuflüstern würde sich meine Vermutung bestätigen: „Wenn du meine Iris bist, dann bleibe bitte solange sitzen, bis ich dich fotografiert habe!"

Ja, er blieb solange sitzen und es gelangen mir wunderschöne Fotos. Wie vom Erdboden verschluckt, war er kurz darauf so flink verschwunden, als wäre er nie hier gewesen. Schnell schaute ich mich nach allen Seiten um, ob irgendetwas Auffälliges zu sehen war, doch weit und breit war kein einziger Schmetterling mehr entdecken. Ich setzte mich für eine Weile auf die Bank, um alle bisherigen schönen Erlebnisse in Ruhe zu verarbeiten.

Am 30. September 2016 hatte ich die allerletzte Begegnung mit meinem Schmetterling. Die Sonne strahlte vom Himmel und trotz vieler Menschen störte es den Admiral nicht, hier

aufzutauchen. In der Sonne leuchteten die Flügel meiner Iris in allen Farben. Es war so, als wäre es der Tag ihrer eigenen Trauerfeier gewesen, deshalb genoss ich jede Minute unseres gemeinsamen Daseins. Er kam auf meine Hand und fühlte sich wieder auf der kleinen Billardkugel mit der Acht sehr wohl, schaute mich an und lauschte, was ich ihm zuflüsterte. Meine Augen füllten sich mit Tränen und ich fragte, ob sie glücklich sei. Mit einem Tanz zu dritt über mir zeigte sie mir mit zwei anderen Admiralen, dass es genau so sein musste. Seit 2014 erlebte ich diese kleine Vorstellung nur dann, wenn der Schmetterling auf meinem Zeigefinger gesessen hatte, mir zuhörte und ich ihm zuflüsterte, ob sie glücklich sei.

Der 95. Geburtstag

Noch war dieses Jahr nicht zu Ende und der Geburtstag meines Professors stand als Nächstes auf dem Programm. Nur noch fünf Tage bis zum großen Ereignis. Ich freute mich, dass er sich gesundheitlich etwas besser fühlte und alles für sein Fest arrangiert hatte. Ich bewunderte immer wieder seine Vitalität und Kreativität, Altes in Neues umzuwandeln. Er hatte so viele Ideen, sein Büro und sein Haus umzugestalten, was ihm auch in kürzester Zeit mithilfe seines Sohnes gelungen war. Große Erinnerungsfotos schmückten eine Wand über seinem Schreibtisch, und endlich bekam auch das eingerahmte Bild seiner Frau Iris einen Ehrenplatz. Hier sollte sie an dem besonderen Geburtstag ihres Mannes unter uns sein.

Sechs Jahre sind seit ihrem Versterben vergangen. Ich sorgte immer für frische Blumen vor ihrem Bild und setzte mich oft daneben ins Wohnzimmer. Hier konnte ich ab und zu mit ihr allein sein und mit ihr reden. Ich bedankte mich bei ihr für meinen guten Arbeitsplatz und flüsterte ihr zu, dass es schön gewesen wäre, wenn sie meine Tochter Iris kennengelernt hätte. Bestimmt sind sie sich jetzt im Himmel begegnet und schauen auf uns herunter; oder sind die beiden sogar die zwei Schmetterlinge mit dem Namen Iris – und der dritte ist vielleicht der Schmetterling Else, meine Mutter? Eigentlich war bei Else immer eine Feder im Spiel …

Alle drei haben mir immer wieder gezeigt, dass sie glücklich sind, indem sie über mir unter freiem Himmel vor dem Friedhofstor in Hechtsheim tanzten. Zweimal Iris und eine Else? Ja, das ergibt einen neuen Sinn für meine Geschichte. Ich hatte jetzt viele Haselnüsse gefunden, und vielleicht sollte ich noch eine weitere Nuss knacken.

In dem großen Haus spüre ich bis heute die Wärme und Nähe der Frau meines Chefs. Ich denke an die kurze Zeit mit ihr zurück. Was hatte ich bisher hier alles erlebt! Gemeinsam konnte ich mit meinem Professor Freud und Leid teilen. Wir mussten den gleichen Weg gehen unsere beiden Liebsten auf der anonymen Wiese in Mombach besuchen. Ich erlebte unglaubliche Parallelen, die sich hier wiederholten. Auch hier schließt sich ein Kreis meiner wahrheitsgemäßen, unglaublichen Geschichte.

An seinem 95. Geburtstag erlebte der Professor eine besondere Geburtstagsüberraschung: Alle drei Söhne waren zum Gratulieren gekommen. Mit seinen Söhnen Erk, Steffen und Ralf hatten wir alles gut vorbereitet. Es sollte einen Frühstücksbrunch geben. Dazu gehörte Sekt, Orangensaft, große Salzbrezeln mit Mainzer Spundekäs, einer wohlschmeckenden Mainzer Spezialität.

Nach und nach trudelten Freunde, Nachbarn, Bekannte und der Pfarrer der Luthergemeinde ein, den ich bereits auf der Trauerfeier von Frau Iris kennenlernen konnte. Ich freute mich, auch ihn, dieses Mal zu einem fröhlichen Anlass, wiederzusehen.

Eine besondere Atmosphäre breitete sich im Raum aus, als wäre Frau Iris anwesend. Ich stand gegenüber ihres Fotos, und es schien, als lächelte sie mir zu. Spontan hatte ich das Bedürfnis, den Anwesenden etwas mitzuteilen. Ich begann, meine Glückwünsche an meinem Professor mit einem Vierzeiler, den ich noch rechtzeitig gedichtet hatte. Mit diesem Auftakt versetzte ich offensichtlich alle Anwesenden in fröhliche Laune. Rasch verging mein Lampenfieber. Ich wollte einfach etwas erzählen, was keiner seiner Kinder und Freunde wusste.

Gespannt hörten mir alle zu und ließen sich nicht durch neue Gäste abhalten, dabei zu bleiben. Ich erwähnte sogar einige Zeilen aus meiner Geschichte, was alle interessierte. Die meisten Gäste sind mir in den letzten sechs Jahren bekannt geworden und ans Herz gewachsen. Mit den Worten „hier begann alles“ erzählte ich ein paar liebenswerte Anekdoten, die ich noch mit der Frau meines Professors erlebt hatte: So kannten, liebten und vermissten sie alle ihre Iris. Ich hatte das Gefühl, dass ich die richtigen Worte gewählt hatte. Alle freuten sich und bedankten sich bei mir. Mein Chef und seine Söhne waren beeindruckt und angenehm überrascht, da sie mich so noch nicht kannten. Ich war sehr erleichtert, vielleicht habe ich etwas getan, was allen Anwesenden gutgetan hatte.

Wie gern hätte ich ihm zu seinem besonderen Geburtstag stolz mein erstes Buch überreicht. Aber es fehlte noch etwas; für mich war dieser Tag mit meinem Professor noch nicht das endgültige Ende meiner Geschichte.

Zwei 70. Geburtstage

Unsere eigene Familienfeier rückte immer näher. Wir und unsere Gäste freuten uns auf dieses Wochenenderlebnis auf der Elsenburg über Kaub am Rhein. Es sollte zum ersten Mal ein gesamtes Zusammentreffen unserer beiden Familien sein. Ich packte alle Utensilien für die Dekoration der Tische und der Räumlichkeit ein. Wie geplant, hielt ich mich an die sechs Weckgläser, gefüllt mit Sand, den ich noch von Laboe aufgehoben hatte. Da hinein stellte ich jeweils eine grüne Kerze und schmückte das Glas von außen mit einer grünen, geflochtenen Kordel. Ich hatte mich nach der Farbe der Gardinen gerichtet und konnte somit alles passend einkaufen und dekorieren. Was ich nicht vergessen durfte, waren die sechs Kienäpfel von meinem Admiral Iris! Ein Schmunzeln konnte ich mir nicht verkneifen.

Wir freuten uns auf die ersten Familienangehörigen, die bereits am Vortag aus München kamen und mit denen wir einen harmonischen ersten Nachmittag und Abend verbrachten. Meine Schwägerin Elisabeth half mir, die Tische einzudecken. Sie freute sich mit mir, dass ich alles im gleichen Farbton ausgesucht hatte. Sogar die Stühle waren in diesem Grün gepolstert. Wir stellten die hübschen Weckgläser auf die sechs Tische. Jetzt fehlte nur noch die herbstliche Dekoration. Dazu gehörten Eicheln und die durch ein Zeichen des Schmetterlings gefundenen Haselnüsse und die besonderen Kienäpfel. Dabei konnte ich meiner Schwägerin die Geschichte von den Haselnüssen und den Kienäpfeln erzählen. Sie hörte mir interessiert zu und wollte etwas mehr darüber wissen. Sie bedauerte, dass sie meine Iris leider nicht mehr kennenlernen konnte.

Am nächsten Tag trudelte nach und nach die Großfamilie auf der Elsenburg ein. Jeder bezog seine Unterkunft. Danach fanden wir uns alle an der Anlegestelle vor dem Blücherdenkmal ein. Von hier aus ging unsere Schifffahrt an der Loreley vorbei nach St. Goarshausen und zurück. Auf dem Schiff konnten sich die Gäste mit Kaffee und Kuchen verwöhnen lassen. Selbst der Herrgott schickte uns an diesem Nachmittag ein paar herbstliche Sonnenstrahlen.

Bisher hatte ich in diesem Jahr immer ein Zeichen von meinem Schmetterling bekommen. Egal wo ich war, im Urlaub (sogar in Bergen), auf Fahrradtouren oder auch in unserem Garten. Es war immer nur ein einziger Admiral, der sich in meiner Nähe zeigte und kurz aufhielt. Selbst ein Boot mit dem Namen „Admiral“, das ich bei einer Radtour um den Chiemsee entdeckte, erinnerte mich an meinen Schmetterling.

Ich wünschte mir an diesem besonderen Tag, dass er mir ein Zeichen geben sollte. Genau in diesen Moment fuhr jetzt ein großer Schleppdampfer ganz nah und langsam an uns vorbei. Ein freudiger Ausruf meiner Schwägerin Elisabeth versetzte mich in einen Glückszustand, den ich kaum beschreiben konnte. Sie hatte wie ich sofort erkannt, dass dieser Schlepper den Namen meiner Tochter Iris trug.

„Hast du das gesehen?“, rief sie mir vom anderen Ende des Tisches zu. Wir beide entdeckten an Bug und Heck zweimal in großer schwarzer Schrift den Namen IRIS! Alle wurden aufmerksam und freuten sich mit mir, als ich den Grund kurz erläuterte. Gleichgültig, was es für ein Zeichen war: Heute war es ein Schleppdampfer, der den Namen Iris trug. So als riefe sie mir zu: „Hallo, Mama, ich habe dich nicht vergessen, ich bin da!“ So habe ich in Verbindung mit der Elsenburg gleich zweimal ein Zeichen erhalten.

Meine Geschichte hatte jetzt zum dritten Mal ein wunderschönes Ende gefunden. Was sollte jetzt noch kommen, fragte ich mich. Alle Wünsche waren erfüllt, alles ist so eingetroffen, wie ich es mir ersehnt hatte.

Wir freuten uns gemeinsam über unser Beisammensein. Vor dem Abendbrot sollte es für meinen Mann und mich noch eine Überraschung geben. Wir wurden auf die Terrasse gerufen. Sabine, ihr Mann Kai und Sky überreichten jedem einen rosaroten Luftballon mit einer silbernen 70 darauf. Auf Kommando ließen wir die Ballons fliegen. Mit einem „Ah“ und „Oh, wie schön!“ schauten wir den farbenfrohen Ballons nach. An ihnen hing jeweils ein Herz mit unserer E-Mail-Adresse, vielleicht meldete sich ja ein Finder.

Nach dem Abendessen stellten wir in unserer formellen Begrüßung mit einem „Dankeschön, dass ihr heute alle gekommen seid!“ unsere Familien vor und wünschten uns ein fröhliches Beisammensein.

So wurde es auch: Wir erlebten ein sehr unterhaltsames, harmonisches, fröhliches und friedliches Fest. Es wurde erzählt, gelacht und wir tauschten Erinnerungen aus. Beide Familien waren sich auf Anhieb sympathisch. Wir bedankten uns für diese vielen ideenreichen Geschenke und versprachen, uns alle irgendwann einmal wiederzusehen. Um dieses Wiedersehen Wirklichkeit werden zu lassen, hatten wir uns von jedem als Geburtstagsgeschenk gewünscht, dass sie uns individuell einladen sollten.

Anfang und Ende einer wahren Geschichte

In dieser frohen Runde saß auch Ingrid, die Frau meines verstorbenen Cousins Alfred. Auf sie und ihre Sohn Mattias hatte ich mich ganz besonders gefreut. Mit dieser Familie fing ja im Februar 2010 diese Geschichte an. Viele Jahre mussten vergehen, um damals mit ihm und seiner Familie zu feiern. Nie war es dazu gekommen, warum erst im Jahre 2010, wo es fast zu spät war? Wie gut, dass wir Alfred noch erleben durften!

Aber jetzt war Ingrid endlich mit ihrem Sohn Mattias bei uns, der hier auf der Elsenburg seinen zwanzigsten Geburtstag feiern konnte. Gemeinsam blieb Ingrid und mir genügend Zeit, noch ausführliche Gespräche zu führen. Sie erinnerte mich daran, dass Alfred damals in ein Hospiz kam. Hier konnte er seine letzten Tage in einer für ihn angenehmeren Umgebung verbringen. Wieder fallen mir die Ähnlichkeiten zwischen diesen beiden Fällen auf: Auch Iris, die Frau meines Professors kam am Ende ihres Lebens in ein Hospiz.

Aber was Ingrid mir jetzt von Alfreds letzten Minuten erzählte, bedeutet wirklich, dass der Kreis sich geschlossen hatte.

Alle Angehörigen des Hospizes kamen, als bunte Schmetterlinge verkleidet, in sein Zimmer. Sie stellten sich um sein Bett und legten ihm zum Abschied einen orangenfarbenen Papierschmetterling in seine Hände, der mich mit seiner Farbe sofort an meine Iris erinnerte.

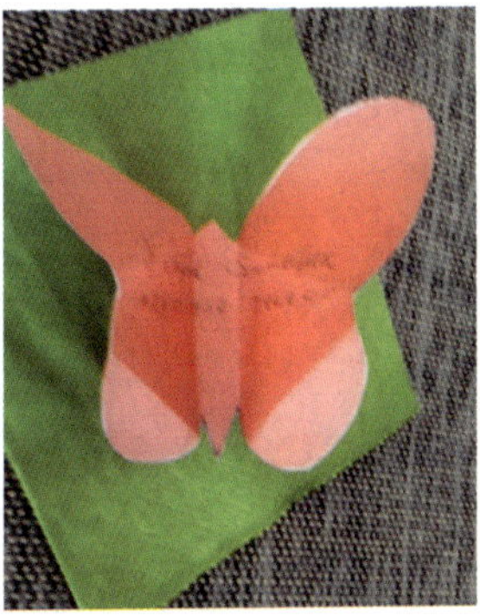

Da Ingrid schon einiges über meine Geschichte gehört hatte, brachte sie diesen Schmetterling mit auf die Elsenburg. Sie hielt ihn in ihrer Handfläche und zeigte mir, wie schön er war. Ich sah ähnliche Farben wie von meinem Admiral IRIS. Mir fehlten einfach nur die Worte.

Mit einem Schmetterling von Alfred hatte offensichtlich schon alles begonnen. Erst jetzt, nach sechs Jahren, sollte ich dieses von Ingrid erfahren. Sie war genau zum richtigen Zeitpunkt gekommen. Alles zusammen ergibt einen Sinn für meine Geschichte. Mein Puzzlespiel kommt dem Ende näher:

Mein Cousin Alfred, Frau Iris, meine Tochter Iris Barth. Sie waren die Schmetterlinge, die mich drei Jahre lang in meiner Geschichte begleitet haben. Und dann war die Feder zum Andenken an meine Mutter Else Baum bestimmt.

Anfang November bekamen wir von einem einzigen Luftballon-Finder eine E-Mail. Vielleicht ist es ja ein Zeichen, dass mir wieder ein einziger Schmetterling im nächsten Jahr etwas Besonderes zeigen wird, das nur er und ich wissen?

Ich wünschte mir, dass mich diese vier Menschen ein Leben lang begleiten würden und ich bedankte mich bei ihnen dafür. Sie konnten mir, ohne es selbst erlebt zu haben, eine Geschichte schenken. Ohne sie gäbe es dieses Buch nicht:

Der Admiral – Zufälle, die keine sind.

Vielen Dank an alle, die an mich und meine Geschichte geglaubt und mir geholfen haben, meinen Traum zu verwirklichen.